LA DÉLÉGATION NORVÉGIENNE

DU MÊME AUTEUR

Débarquer, Grasset, 2022 ; Pocket, 2023
Le Courage des autres, Grasset, 2020 ; Pocket, 2021
POLICE, Grasset, 2016 ; Pocket, 2017
Trois grands fauves, Belfond, 2013 ; Pocket, 2015
Je n'ai pas dansé depuis longtemps, Belfond, 2010 ; Pocket, 2011
Le Baiser dans la nuque, Belfond, 2005 ; Pocket, 2007

L'auteur remercie le Centre national du livre
pour son précieux concours.

Hugo Boris

La Délégation norvégienne

belfond

LE DERNIER CAHIER DE CE LIVRE N'EST PAS MASSICOTÉ.

IL NE S'AGIT PAS D'UN DÉFAUT DE FABRICATION.

Conception graphique de la couverture : look Specific, Jad Hussein.

Belfond | un département **place des éditeurs**

place
des
éditeurs

Pour mon frère Antoine

« Un texte signifie mettre en œuvre une stratégie dont font partie les prévisions des mouvements de l'autre – comme dans toute stratégie. Dans la stratégie militaire (ou dans celle des échecs, disons dans toute stratégie de jeu), le stratège se dessine un modèle d'adversaire. Napoléon envisageait différentes hypothèses : Si je fais tel mouvement, Wellington devrait réagir ainsi. Wellington, de son côté, pensait : Si je fais tel mouvement, Napoléon devrait réagir ainsi. Il se trouve que, dans ce cas d'espèce, Wellington a généré une stratégie meilleure que celle de Napoléon, il s'est construit un Napoléon Modèle qui ressemblait au Napoléon concret. Napoléon, lui, a imaginé un Wellington Modèle qui ne ressemblait que de très loin au Wellington concret. Une seule chose pourrait venir invalider cette analogie : en général, dans un texte, l'auteur veut faire gagner et non pas perdre l'adversaire. Et encore, ce n'est pas dit. »

Umberto ECO
Lector in fabula

1

La forêt fuit lentement de chaque côté de la route.

René Derain n'a pas croisé une voiture depuis plus de trois heures. Il conduit à vitesse constante, moins vite qu'il ne le pourrait, avec la peur du gibier déboulant sur le bitume. Il roule depuis hier entre deux murs de sapins noirs. Le mouvement des arbres s'inverse dans le miroir des rétroviseurs. En jetant un œil de part et d'autre, il a parfois l'illusion que la forêt, ouverte par le mouvement du véhicule, se referme derrière lui.

Il se penche, attrape le paquet d'Amsterdamer sur le tableau de bord. Les yeux fixés sur la route, il donne un coup de langue sur la bande de papier gommé. D'un demi-tour de manivelle, il ouvre la vitre, se débarrasse des bribes de tabac éparpillées sur son pull. Les mains jumelées au sommet du volant, il regarde devant lui, loin, la cigarette plantée au coin de la bouche, oubliée là. Il ferme doucement les paupières pour éviter le filet de fumée. Il pense : je fume comme un routier. C'est sûrement comme ça que doivent fumer les routiers.

Par désœuvrement, il allume encore la radio. Les ondes ne lui apportent plus que de méchants crépitements, un souffle de forge zébré de sifflements aigus. Il balaye la bande passante, revient, s'arrête. Il a cru entendre deux notes consécutives, de la musique peut-être ? Il joue sur le potar, affine le réglage avec un doigté de chirurgien, un air de gravité qui lui met le sourire aux lèvres. Comme si quelque chose de très important allait se dire, comme si, sur les grandes ondes, les Français allaient parler aux Français.

Les arbres défilent, égrenés par le mouvement. À intervalles réguliers, Derain longe des stères de billes écorcées, empilées les unes sur les autres sur le côté de la route. Vus de profil, les rondins alignés forment des alvéoles de bois blond, dessinent l'image d'une gigantesque ruche.

La bouche pleine de fumée, il écrase le mégot dans le tiroir du cendrier, pose ses deux coudes sur la face interne du volant, enferme son front dans ses mains. Il reste là immobile, aveugle, comme s'il n'était pas dans cette voiture, comme s'il n'était pas sur cette ligne droite.

Jetés sur le siège avant, il y a ses clefs, son passeport, des cartes routières crevées aux pliures, un paquet de biscuits acheté en route sur lequel est écrit : SPECULOOS BEHOORT TOT DE FAMILIE VAN DE PEPERKOEK. À l'arrière, son chien se plaint doucement. Il n'a pas fait de halte depuis longtemps.

Le paysage ralentit brusquement.

Derain pose pied à terre, déplie son imposante carcasse et fait quelque pas en titubant, ivre de conduite. Il n'a même pas pris la peine de se ranger sur le bas-côté. Il s'est contenté d'arrêter le break au milieu de la route.

Il contourne le véhicule, ouvre le coffre de la vieille 404. Son chien saute d'un bond hors de l'habitacle, le poil fou. Il fait quelques voltes, tout feu tout flamme, fait cliqueter ses griffes sur le macadam. Les pattes tendues en avant, il bâille en s'étirant, les reins cambrés. Pour un peu, on croirait que c'est lui qui vient de se taper quatre cents bornes d'une traite. Il est gonflé, mais qu'il est gonflé, pense Derain.

Dans la voiture, les damnés chuchotent encore. Derain les entend crachoter, haleter, s'énerver. Il revient vers le break, tend le bras, coupe la radio.

Le silence s'installe brutalement. Un silence angoissant, de ceux qui empêchent de dormir la première nuit, à la campagne.

Les arbres serrés sont plus sombres encore, maintenant qu'il les regarde de près. Il ne voit des gigantesques résineux que la partie basse. C'est une forêt serrée où le soleil ne doit pas donner beaucoup.

Il n'y a pas un souffle de vent. Même son chien s'est tu.

Il y a dans l'air une odeur de racine, de terre, de résine.

La forêt se perd dans l'ombre.

Derain ressent le besoin de s'agenouiller, de sentir dans sa main la matière granuleuse de la route. Il y a eu des hommes pour étaler ce goudron.

Il lève les yeux : il voit son chien qui s'avance vers les sapins. Il ne se redresse pas, reste agenouillé à sa hauteur. Il le voit qui stoppe soudain, arrêté par un mur invisible. L'animal ne va pas plus loin, bloqué devant la première rangée d'arbres. Derain a l'impression que le chien et la forêt se font face, qu'une conversation silencieuse a commencé. Il s'aperçoit que ses poils se sont raidis. Il ne grogne pas, n'a pas découvert les crochets de ses crocs.

Mais ils sont hérissés, durs, comme s'il avait la chair de poule.

On dirait qu'il y a quelqu'un.

Il y a moi, pense Derain.

Une peur singulière le gagne, lui, le garde forestier, qui n'a jamais rien ressenti de tel dans son pays. La peur de l'ombre, la peur du silence, la peur du bois sombre à la tombée de la nuit. Il y a quelque chose d'inquiétant dans cette montée de la peur alors qu'il n'y a évidemment personne.

Et son chien qui n'aboie pas.

Fais-toi respecter, pense Derain. Aboie, grogne, sors les crocs, fais quelque chose. Pisse trois gouttes, montre-leur que t'es là, n'importe quoi.

Quelque chose ne va pas. Le chien est anormalement immobile.

Derain se relève doucement, comme pour ne pas déranger le travail de sa bête. Il se rapproche du coffre, de la couverture de cheval étendue à l'arrière.

Qu'est-ce que je suis en train de faire ? Il se demande cela, ce qu'il est venu chercher. Qu'est-ce qu'il fait là maintenant, près du coffre ?

Il sait.

Il s'est rapproché instinctivement de la forme bossuée sous le plaid.

Il est allé vers son arme.

Il s'en veut presque. Il n'a que son café dans le ventre depuis ce matin, il roule depuis des heures sur cette route stupide. Tout ça pour un renard, ou un rat.

Il dit, en désignant le coffre ouvert :

— Allez !

Mais son chien qui ne bouge pas l'oblige à regarder de nouveau en direction de la forêt. Il fait nuit là-bas, on n'y voit rien au-delà de trois rangées d'arbres.

Il claque la langue, siffle, son chien ne bouge toujours pas.

Il doit aller le voir, lui parler, le sortir de là. Il n'y a pas cinq pas jusqu'à lui, la distance lui paraît plus grande tout à coup.

Lentement, il s'avance vers lui.

En retrait, il s'agenouille.

De près, le poil paraît si raide qu'il n'ose pas le toucher, de peur de le surprendre.

— Chut, chut, doucement.

Il lui dit tranquillement, comme à un ami :

— Tu viens ?

Le chien tourne lentement la tête vers lui.

René Derain a vu ce regard.

Ce regard aurait dû lui faire faire demi-tour.

Au lieu de cela, il claque le hayon du coffre derrière le chien, jette un œil vers les sous-bois, du genre « tu ne perds rien pour attendre », grimpe dans la voiture, démarre, écrase la pédale de l'accélérateur comme on remonte l'escalier de la cave quatre à quatre.

Dans les yeux du chien, il n'y avait plus de regard.

2

La nuit est tombée sur les derniers kilomètres.

Les autres doivent être à table déjà.

Derain est pris d'un vertige. Il pense au sang cuit, aux haricots lingots, au moulin à poivre qui passe de main en main, au pain gris gorgé de sauce, au beurre frais, à une gigue tellement belle que son visage disparaît derrière tout entier, à ses dents qui se referment, à la fibre croustillante qui se détache de l'os, au gros sel qui tombe dans l'assiette dans un bruit de grêle. Il arrache, broie, avale, rouge de chaleur, concentré, on lui passe le pot de moutarde qui exsude son jus brunâtre, il a un petit rire bref de satisfaction, merci, et à chaque mastication, les muscles de ses mâchoires font saillie.

Depuis une demi-heure, il s'enfonce au cœur de la forêt, percée d'un chemin à peine carrossable. La route est si étroite que les branches jaunies par les phares cognent contre la vitre. Il doit parfois donner un coup de volant pour rester dans les rails des ornières, trouées de nids-de-poule. Il maintient une pression constante sur l'accélérateur pour ne pas courir le risque de s'embourber, de nicher ses roues dans une dépression du chemin.

Dans le rétroviseur, son chien s'est dressé d'un

bond. Il doit être tout près maintenant. Au loin, il entend l'aboi des bêtes qui annoncent son arrivée. Sous les roues, le chemin de terre s'est gravillonné. Il passe un fossé, un saut-de-loup qui doit délimiter la propriété. Le chemin s'élargit, débouche sur une sorte de clairière. Entre les arbres apparaît la masse sombre de la bâtisse. Les fenêtres projettent au sol des rectangles de lumière dans lesquels passent des ombres. Il ne parvient pas à déterminer s'il s'agit d'une petite maison ou d'une grande cabane. Il avance encore, pour se garer. Ses phares arrachent à la nuit l'éclat des catadioptres des autres véhicules, parqués sous les sapins qui ceinturent le bâtiment. Les plaques d'immatriculation sont presque toutes étrangères. Il y a un pick-up, une Jeep Cherokee, une Audi, deux citadines, un utilitaire blanc. Pour une fois, c'est mélangé, pense Derain. Il parie qu'il y aura du cardiologue, du petit commerçant, au moins une femme. Du Danois, de l'Allemand, du Rosbif, du Belge, du Français. Il se demande quelles conversations ça va donner, à table.

Ils sont partis avant moi, ou ils m'ont doublé en route.

Ils ont pris le même itinéraire, il n'y en a pas d'autre.

Derain serre le frein à main, ne se précipite pas. Dans l'obscurité protectrice de la voiture, il se rassemble quelques instants, fatigué d'avance à la perspective de se présenter, de saluer chacun.

Il finit par poser pied sur le gravier.

— Terre.

Il le dit avec le soulagement du marin après une longue traversée.

Il ouvre le coffre, attache la laisse de son chien.

À peine l'a-t-il encliquetée qu'elle se tend dans une explosion de gueule. Derrière lui, un autre chien mouline dans le vide, brasse l'air en donnant de la voix, retenu par une corde. Il y a une sorte de châtelain au bout, un foulard noué autour du cou. René s'empresse de donner du mou, fait un pas en avant pour rapprocher les deux bêtes. Les oreilles dressées, elles cessent d'aboyer, se considèrent. De part et d'autre, les deux hommes se regardent sans un mot. Aucun d'eux n'a l'intention d'interférer. Les chiens d'abord, les présentations ensuite – ils savent que c'est l'unique façon d'éviter la bagarre. Les deux bêtes dessinent un cercle, tournent, s'avancent avec prudence, se jaugent. Elles hésitent, se rapprochent encore, tendent la truffe, s'imprègnent de leurs intimités, puis s'écartent en silence.

Le vieil homme a dans son allure quelque chose d'apprêté, de faussement décontracté – pantalon de tweed et cardigan –, les glandes lacrymales en pointe, deux pommettes très hautes. Il a dû être très beau. Il l'est encore, à sa manière. Quelque chose dans le regard qui ressemble à de la malice, qui rappelle la passion des femmes.

Derain pense : Audi A4, suspension basse.

— Vous êtes arrivé aujourd'hui ?

Le vieil homme fait un geste des épaules, gêné, il ne comprend pas.

— Aujourd'hui ?

L'homme montre le sol du doigt, en hochant la tête.

Derain sourit. Les présentations étaient plus simples pour les deux chiens. Il a l'idée incongrue qu'ils pourraient se baisser eux aussi, se tourner autour, face à face d'abord, les mains nouées derrière le dos, à petits pas glissés, avant de se pencher avec élégance, simultanément, les genoux fléchis en danseuse, le dos bien droit. Puisqu'ils ne parlent pas la même langue, ils n'ont qu'à se renifler les miches.

L'homme tend la main :

— Ernst von Sydow.

— René Derain.

3

— DES ROUGES, OUI ! DES BOLCHEVIKS JE VOUS DIS !

Il entend ça, Derain, en poussant la porte. La voix provient de la salle commune, emmène avec elle des rires de protestation, des toussotements, des ripostes.

Face à lui, un escalier de bois, raide. De part et d'autre de l'entrée, des portes. Sur le côté, une rangée de canons luisent dans le râtelier. À gauche, dans l'angle, un débotter est pris dans le mur, un râteau de bois où sont renversées les bottes des convives, légèrement pincées à la cheville.

Dehors, Ernst von Sydow lui a pris son chien. Ils ont longé ensemble un mur contre lequel s'étageaient des bûches longues de un mètre – Derain a pensé à la cheminée capable d'avaler ça – et l'homme lui a montré le chenil où son compagnon passerait la nuit. Il semblait vouloir prendre l'air un moment, alors Derain lui a laissé son chien, puis est entré saluer les actionnaires.

Il pousse la porte entrebâillée en main droite, s'avance dans la pièce principale. Des hommes et des femmes se lèvent à son apparition, tendent vers lui des visages rouges et réjouis, des mains qu'il serre.

— Je suis le dernier ?

Une vieille fille jaune lui répond avec un accent écossais :

— Oui, nous sommes désolés de ne pas vous avoir attendu pour manger, nous ne sav...

Elle marque une pause minuscule pour aller chercher l'imparfait :

— ... vions pas à quelle heure vous...

Derain la rassure d'un geste de la main, vraiment ce n'est rien. Avec lui et le vieil Allemand dehors, ça fait sept, compte-t-il. Cinq hommes et deux femmes.

Elle tend le bras :

— Ethel Brakefield.

— René Derain.

Apercevant son chien en train de le jambonner, elle s'écrie :

— Down !

Elle a l'index tendu vers le plafond, les yeux grondeurs. Le chien s'aplatit.

Il y a un homme d'une soixantaine d'années, debout devant un large fauteuil à oreilles.

Dans un canapé de cuir craquelé, deux hommes d'une trentaine d'années côte à côte, la peau très blanche, encore à demi levés, le dos légèrement penché en avant.

Il y a aussi une grande fille aux épaules larges, debout derrière une table en bois dur, qui sourit, avec des joues de repasseuse :

— Vous avez faim ?

Il hoche lentement la tête :

— Je n'ai presque rien mangé depuis ce matin.

Ils rient. Elle s'élance vers la porte, il dit :

— C'est vous qui êtes immatriculée 40 ?

Il a reconnu l'accent des Landes.
— Oui !
L'Écossaise demande :
— C'est où : 40 ?
La fille qui s'est encore avancée de deux pas, qu'on empêche décidément de quitter la pièce, revient avec un sourire :
— En bas, à gauche.
Derain se glisse derrière la table, rencontre une chaise à dossier droit. L'homme devant le fauteuil se rassoit, reprend la discussion à l'endroit exact où ils l'avaient laissée :
— Au final, c'est pas compliqué, j'ai tiré neuf balles, j'en ai déclaré six.
Les bolcheviks, c'était lui. Il porte un gilet sombre, un pantalon de velours noir. Une moustache blanche épouse toute la largeur de sa bouche. Ses cheveux gris pâle, coiffés en brosse, lui donnent un air d'autorité.
— C'est que je rate devant.
Il mime une carabine imaginaire, accompagne à bras francs la course effrénée du gibier.
— C'est mon défaut, ça, j'ai tendance à toujours vouloir mettre plus devant. C'est que si la balle passe, c'est raté, mais si elle touche, elle est excellente.
Ses yeux clairs se posent sur chacun avec une fixité qui installe immédiatement la peur de démériter.
Derain se tourne vers les deux hommes dans le canapé, un peu troublé. Sa première impression visuelle est celle d'une symétrie globale. Même taille, même âge, la même main arrondie sur le même verre de whisky. Et la couleur ! Cette peau très pâle, cette coïncidence de l'écru dans les teintes.

Le premier porte un pull-over renforcé d'un empiècement de cuir aux coudes, le deuxième un polo de la même couleur, blanc cassé, à col cheminée. L'impression suivante est parfaitement asymétrique. Le premier a la peau grumelée, les yeux un peu tombants. Il est presque chauve déjà, le crâne recouvert d'un léger duvet d'oiseau. Le genre à tout miser sur Bételgeuse à Longchamp. Au contraire, l'autre a un visage très lisse, juvénile et dur. Les cheveux d'une blondeur qui tend vers le blanc et une bouche très belle, rouge, qui attire instinctivement le regard. Derain en est troublé, comme s'il était presque trop beau pour être chasseur. Il n'a pas l'air d'être Français, ni d'écouter la conversation. Derain se souvient des immatriculations : il doit être Danois.

L'homme qui n'aime pas les rouges lui propose un whisky. Il demande avec une candeur de bizut pour qu'on le contredise :

— À jeun, là, comme ça ?

Éclats de rire. Tu parles que tu vas y avoir droit mon vieux, mon cochon, mon pote ! Les chiens aboient un peu, pour participer. L'homme lui sert un blend d'Écosse.

— Vous avez à qui vous plaindre si besoin.

Derain hume le verre, y trempe les lèvres. Le parfum de tourbe descend lentement en lui, diffuse une chaleur qui lui tiédit le sang, se répand jusqu'à l'extrémité de ses membres fatigués. On est bien sur ce bois dur, dans la pesanteur rassurante de cette pièce qui sent la vieille poussière.

Il y a, dans l'angle, la gueule béante d'une cheminée en pierre, noircie par des années de feux de bois. Une bûche superbe repose en suspension sur deux chenets. Seule la partie basse du foyer est restée pâle, à force d'être portée à blanc. Derain a subitement l'image du chantier : une cheminée massive et évasée, haute de deux étages, nue, au milieu de la forêt. Il voit le fût rétréci, à l'assaut du ciel, sans rien d'autre autour que les arbres destinés à y flamber un jour. Les murs, les cloisons, le toit ont dû venir ensuite s'agencer autour, petit à petit. Il y a aussi, quand on y prête attention, une très légère odeur de moisi. C'est une exhalaison très fine, un parfum de vieille bibliothèque. Machinalement, Derain balaye la pièce d'un regard circulaire : une trentaine de livres sont alignés sur le rayonnage d'un meuble, près du canapé.

Des tapis posés à la diable laissent apparaître, en bordure, un peu de plancher. Derain apprécie qu'il n'y ait pas de massacres aux murs, de paires d'yeux qui vous regardent avec une fixité à faire peur. Il aime la sobriété de ces pavillons de chasse qui ne cherchent pas à exhiber à tout prix les trophées des hôtes passés. Il n'y a guère que la peau d'ours, devant la cheminée éteinte, et ses rangées de griffes pour laisser planer le souvenir d'un combat.

La discussion a repris en provenance du canapé, du turfiste :

— Je lui ai dit, moi, au douanier, je lui ai dit que j'avais mon feu à l'arrière.

À côté d'un bol plein de mégots, un pot de cornichons traîne sur la table. Derain n'ose pas tremper ses doigts dans l'eau saumâtre.

— Il ne m'a même pas demandé d'ouvrir le coffre. Circulez. Allez hop !

Du fauteuil, l'homme à la moustache :

— Bien sûr ! Mais les douaniers, ils le savent quand on joue franc jeu ou pas !

Derain n'y tient plus, pêche un cornichon dans le bocal, y croque à belles dents, se fait surprendre lui-même par le bruit sonore et spongieux. A-t-il attiré l'attention sur lui ? Non. Les autres ne cherchent pas encore à le faire entrer dans la conversation. Ils ont la délicatesse de me laisser arriver, pense-t-il.

Au sol, une sonnerie grêle retentit, fait trembler un vieux téléphone au fil torsadé.

— Ah ! dit la vieille Écossaise, c'est le coup de fil qu'il attend.

L'homme aux très belles lèvres se penche, brise la symétrie des corps, se casse sur l'accoudoir pour attraper le combiné :

— Hej, min skat. Ja, tak. Jeg er kommet godt herop nu til aften. Ja, de er der allesammen. Jeg er den eneste dansker, men der er nogle af de andre, der taler engelsk.

L'homme dans le fauteuil lance à la cantonade, l'air chafouin :

— C'est sa femme qui veut savoir s'il est bien arrivé ! Il est en train de lui dire qu'il est tombé sur une bande d'imbéciles !

— Jeg ringer til dig, så snart jeg kan. Godnat, min elskede.

Le Danois raccroche, se redresse.

— Ah, non ! Il a raccroché un peu vite, ça ne devait pas être sa femme.

— Il est tombé sur sa belle-mère !

Ils rient gras. Le Français s'est déjà imposé comme langue vernaculaire dans leur petit groupe. Peut-être que le Danois n'entend rien à ce que nous disons, pense soudain Derain en le regardant. Voilà pourquoi il écoute poliment depuis tout à l'heure sans dire un mot. Il doit être complètement largué.

— Qu'est-ce que c'est ? demande l'Écossaise en

désignant l'insigne pincé au gilet de l'homme dans le fauteuil.

— Ah, ça ? Une décoration.

— Une décoration ?

— Je suis colonel.

La fille au teint de sang, qui revient de la cuisine, ne peut s'empêcher de s'exclamer, adorable :

— Ah bon ? Ça existe encore, les colonels ?

Elle dépose une omelette fumante sous le nez de Derain.

— Bien sûr. Nous sommes toujours en guerre quelque part, vous savez.

Une odeur de beurre se répand dans la pièce. Le poing replié sur la lame de son couteau, Derain remercie, coupe une tranche de pain, éponge le jaune qui a coulé sur les bords.

— Nous l'avons toujours été. Et même si nous ne l'étions pas, il y aurait encore des colonels. L'armée, vous savez, c'est une assurance-vie, ça ne sert jamais, mais quand on en a besoin, on est content d'en avoir une.

La vieille femme conclut, achevant de le ridiculiser malgré elle :

— C'est votre job, alors ?

Elle a dit job comme pour : caissier dans un vidéoclub, toiletteur pour chiens, visiteur médical, chauffeur de limousine, pompiste, dealer de crack, réparateur de télés, cireur de chaussures, vendeur de gaufres.

— C'est mon métier en effet, répond l'homme, sûr de son importance. Je suis colonel.

La fille immatriculée 40 dit plus bas, à l'intention de Derain :

— Comme dans le Cluedo, alors.

Il sourit, la trouve marrante à s'étonner qu'on

puisse encore tomber sur des officiers en civil. Il gobe le fond de son verre, lui souffle à voix basse :

— Non seulement il y a encore des colonels, mais il y a encore des bolcheviks.

Elle sourit derrière sa main. Encouragé, il la regarde en sauçant son assiette :

— Et voilà une omelette que les boches n'auront pas.

4

Pour accéder aux chambres, monter son barda, il faut grimper l'escalier de meunier dans l'entrée. Les pièces sont distribuées en L le long du couloir. L'une d'elles, au fond, lui revient.

La pièce est traversée par des poutres de soutènement, consolidées par des broches en fer noir là où elles sont en souffrance, fendillées par le poids de la toiture. Si je ne me cogne pas deux fois par jour, ce sera miracle, pense Derain en faisant béer le sac sur le lit. Il répartit ses vêtements dans la vieille armoire, la referme, tombe nez à nez avec sa silhouette dans le miroir piqué. Une barbe hirsute jaillit en collier autour de son visage. Des mains énormes pendent au bout de ses bras, carrées comme deux battoirs. Il a l'air d'une demi-brute, le coffre à peine soutenu par les jambes. Il détourne vite le regard.

Il maintient la clenche baissée pour qu'elle se referme en silence. Dans le couloir, il entend le rythme ralenti des respirations proches du sommeil. Un sifflement menace de devenir un ronflement dans quelques minutes. Les lattes de bois craquent sous ses pieds. Il doit se courber pour ne pas toucher le plafond. Il a fait le tour du propriétaire tout à l'heure. À part le sol carrelé de la cuisine, au rez-de-chaussée, il croit bien que la maison n'est faite que de ça, de bois.

Il descend les marches pleines de résine, elles gémissent à chaque pas. Dans la salle commune, un demi-silence s'est installé, troublé par le battement sourd de l'horloge. Sur la table, le Danois a laissé son plan d'accès, à moitié sorti d'une enveloppe. Il reconnaît le papier à en-tête, l'agence de voyages qui leur a vendu ce séjour de chasse à l'étranger, chez l'habitant, « plein nord », disait l'encart. Morten Mørtensen, Ny Østergade 3, 1101 København K. Il contemple ce nom, le répète à voix basse. Qu'est-ce qu'il ne donnerait pas pour un ø ou un å dans son patronyme, ne serait-ce pas le dernier mot de l'élégance ? Voilà ce qu'il y aurait à sauver. Il pourrait bien avoir l'air d'un déterreur de souches ou d'un mangeur de pommes de terre. Avec un nom pareil, ça passerait encore.

Sur le mur, il y a un baromètre d'importation allemande. Les inscriptions arrondies autour de l'aiguille forment une boucle : VERÄNDERLICH → SCHÖNES WETTER → BESTÄNDIG → STURM → REGEN ODER WIND → VERÄNDERLICH →

Un chien s'est couché en paillasson en travers de la porte. Derain l'enjambe, sort dans la nuit froide, gagne le coffre de sa voiture. Il rabat la couverture, s'empare de la carabine Churchill, la glisse hors de sa housse. Dans l'entrée, il plante l'arme dans le râtelier, manière de dire qu'il est bien arrivé.

Il va pour remonter, une main se pose sur son bras. Dans les ténèbres de la maison, il a frôlé la mort. C'est la fille des Landes. Elle chuchote presque. Il ne sait pas si c'est par souci de ne pas déranger les autres ou par crainte d'être entendue.

— Tu t'es installé ?
— Oui.
— On a oublié de te demander combien de temps t'as mis.
— Pour venir ici ? Trois jours.
— Pareil. Quand je suis arrivée, il y avait le Danois dans la grande pièce, il parlait très fort, j'ai cru que c'était lui.
— Qui ça, lui ?
— Le maître des lieux, le propriétaire.
— Tu veux dire celui qui habite ici ?
— Oui, il n'est pas là.
— Et ton nom déjà ?
— Madalen.
— Madalen comment ?
— Madalen Etchegoyen.
— Tu es vraiment Basque alors ?
Elle hoche la tête, continue sur son idée :
— Donc, le propriétaire n'y était pas. Je croyais que c'était le Danois. Macache, oui. Il faisait du bruit avec ses bottes, c'est tout ce qu'il savait faire. Pour ce qui est des clefs, rien du tout, savait même pas où étaient rangées les choses, pas un numéro de téléphone où appeler, rien. Il était comme tout le monde, il parlait sans savoir, comprenait rien. Tu vois le genre.
Derain pense : elle était contente quand elle m'a vu arriver tout à l'heure, elle m'a fait une omelette, elle m'a parlé, elle m'a souri parce que depuis le début, elle veut me dire quelque chose.
— Il y avait déjà le vieux Prussien qu'était là avec son chien de sang. Et la vieille qui répétait tout ce que disait le vieux, qui traduisait. Tu pensais avoir perdu une balle, bah en fait elle l'était pas pour tout le monde. T'as bien blessé le bestiau, mais il est

mort trente mètres plus loin. Et c'est grâce au teckel du Prussien que tu le retrouves le lendemain matin. Même après une nuit de pluie, il te remonte la piste. Une goutte de sang par terre, il t'amène à la bête que t'as séchée alors que tu croyais pas.

Elle se perd dans les détails inutiles, mange ses mots :

— Bref, il y avait un tas de bracelets sur la table de la salle à manger. On a compris qu'on avait le droit. Du chevreuil. Du cerf. De l'élan. Le petit mec a dit, tu sais, celui qu'était sur le canapé, qu'a plus de cheveux, Lucas Cranach il s'appelle : « J'imagine que pour les renards, c'est comme partout, on en tire autant qu'on peut. » Moi, j'ai vu le tas, j'ai dit : « Un clébard mis au sang, ça sera pas de trop, vu le plan de chasse. » L'Anglaise a répété ce que je disais. J'ai pensé : elle va pas répéter tout ce que je dis ? Parle trois langues, la vieille. Et ce soir, le propriétaire n'y était toujours pas. Au début, j'ai cru que c'était toi, et puis quand j'ai vu que non, j'ai tout de suite pensé : il n'y sera jamais.

— Le propriétaire ?

— Oui.

— Et alors ?

— Eh bah, je te le dis à toi : il ne viendra pas.

— Comment tu le sais ?

— J'en sais rien.

— Et même, qu'est-ce que ça peut faire ?

— Rien, il ne viendra pas, c'est tout.

— Ce n'est pas grave.

— Non.

Elle a l'air un peu déçue, comme si elle avait espéré une quelconque inquiétude de sa part.

— Mais ?

— Bah, je ne sais pas, moi, tu es chez quelqu'un, tu ne sais pas qui, c'est bizarre, non ?

— Non. Enfin, je ne sais pas. C'est comme une chambre d'hôte, un bed & breakfast, on n'est pas vraiment chez quelqu'un, on est juste des locataires. Ce n'est pas grave s'il n'y a personne.

— Non, bien sûr.

Derain sent qu'elle est tout de même gênée.

— Mais ?

— Il ne viendra pas, c'est tout.

5

Une tasse de café à la main, ils se frôlent en tenue de chasse dans la cuisine. Le soleil est à peine levé quand ils se retrouvent près de la cuisinière en fonte. La parole est basse, rien de tapageur, comme si, déjà, leurs voix pouvaient effrayer le gibier. Sur la table : du pain noir, des tomates, du beurre, du fromage à pâte jaune, des saucisses fumées, une salade de pommes de terre, des harengs marinés, de la confiture. Ils lestent leur estomac, mangent de tout, avec méthode. Il faudra tenir jusqu'à la nuit.

— Ça ne vous oppresse pas, vous, ce silence ? demande Madalen. Moi, carrément ça m'empêche de dormir.

Derain lui trouve le visage un peu rouge, comme la veille. On a toujours l'impression qu'elle vient de courir. Elle a le menton un peu lourd aussi, mais il n'arrive pas à trancher, à décider qu'elle est laide, à cause de son regard lumineux, très mobile, et de ses joues rouges justement. Et puis elle sourit beaucoup. Elle tartine du pain, parle la bouche pleine, montre la table garnie :

— C'était dans les placards ?

— Dans la souillarde, à côté, dit Cranach, le jeune homme à demi chauve.

— Ah oui ?

Elle a l'air gênée.

— On n'a pas de consigne, mais j'imagine qu'on peut se servir, dit-elle.

— Si le propriétaire se plaint, on dira que c'était ton idée, ajoute Cranach en souriant.

Il a remis son pull à pattes de cuir. Derain soupçonne que sa mère lui achète encore ses vêtements. Il a quelque chose d'enfantin dans le regard, en dépit de son crâne pelé. Derain l'aime bien, devine un mélange irrésistible de générosité et de sottise. Il a l'air à la fois content de vivre et dur à la peine. Le genre d'homme capable de boire tout l'argent, puis de se saigner à blanc pour se racheter.

Derain retrouve dans l'air l'excitation des premiers jours. Ils ne se connaissent pas, ignorent comment chacun va se comporter. Et de fouler ce sol étranger, de courir après un gibier qu'ils n'ont pas l'habitude de chasser, cela ajoute un charme supplémentaire. Ce gibier-là ne doit pas être chassé souvent, il est plus sauvage, c'est sûr, plus farouche peut-être. Dans les forêts les plus courues, le gibier lui-même a acquis, au fil du temps, l'habitude d'être débusqué. D'une année sur l'autre, il sait quand la menace de l'homme commence, quand elle s'achève. Mieux, il est devenu plus madré, plus retors à chaque fois que la saison tire à sa fin. Les chasseurs attendent dehors. Lui revient sur sa voie, brouille les pistes, s'entête à ne pas vouloir quitter l'enceinte où il est traqué. Pour un peu, on penserait qu'il a compris où étaient les tireurs, les a repérés au saut du fossé, ventre au bois, peut-être même qu'il les a comptés. Il a fini par comprendre qu'il était en sécurité tant qu'il restait dans l'enceinte, que c'était en sortant qu'il serait à découvert, abattu comme les autres. Mais là, c'est le Nord. On est au-dessus du cercle polaire, a affirmé hier le colonel. Il n'y a pas d'aménagement particulier pour la chasse, pas d'habitudes, de circuit ni de saison.

Alors que les autres sont assis, Ernst von Sydow est resté debout. Il ne s'appuie même pas contre la pierre de l'évier, raide, au milieu des chiens qui se pressent à ses pieds dans la cuisine, flanc à flanc. Son foulard lui donne encore cet air de vieux lord campagnard. Il pose délicatement une main sur l'épaule de l'Écossaise. Un instant, cette brève image, la douceur de ce geste, laissent penser à Derain qu'ils pourraient être mari et femme.

— Etwa zwei Stunden von hier gibt es einen Tümpel im Wald, in die Richtung könnten wir weiter treiben.

— Ernst parle d'un petit lac, vous dites « marais », je crois. Il l'a repéré, à deux heures de marche. Il propose de pousser par là, contre le marais.

Ils hochent la tête, ravis de cette proposition.

— Der erste, der einen Bären sichtet, zahlt eine Runde.

— Il dit aussi que le premier qui trouve un ours paye les autres pour boire, donne à boire…

— Le premier qui rencontre un ours paye sa tournée ! tranche le colonel.

Ils rient fort tout à coup, un peu plus qu'il ne faudrait, ils n'ont pas peur.

Un silence suit, pendant lequel ils se souviennent de la peau étendue devant la cheminée, des griffes alignées aux quatre points cardinaux de la fourrure.

— Il m'est arrivé une fois une drôle d'histoire

avec un ours, déclare tranquillement Cranach, une histoire incroyable.

Ils se taisent tout à coup, pris au dépourvu par cette révélation peu commune. Lui, le maigrichon, des démêlés avec un…

— J'ai chassé l'ours polaire au Groenland et…

Madalen répète :

— L'ours polaire au Groenland.

Le Danois reconnaît le mot, lève les yeux, se sent concerné.

Le colonel reprend :

— Vous avez chassé l'ours blanc au Groenland.

— Oui, c'étaient des circonstances assez particulières, je vous passe les détails, ce serait trop long à raconter, j'étais hébergé par des Eskimos dans une famille, j'étais le seul Blanc et…

— Par des Eskimos dans une famille, dit Madalen.

Cranach s'arrête, la regarde avec malice :

— Si tu répètes tout ce que je dis, je…

— Vas-y !

— J'avais juste prévu de passer la nuit. Il y a eu une tempête. Je me suis retrouvé immobilisé plusieurs jours. Ça n'en finissait pas. Là-bas, le blizzard, ça peut durer une semaine. Et je vous promets que quand ça commence, vous ne mettez pas le pied dehors, c'est le « white out » total, vous ne voyez rien et, avec le vent dehors, ça peut descendre à – 60…

Derain l'écoute un peu fasciné, travaillé par le secret remords d'avoir pensé que le pull à pattes de cuir aux coudes pouvait venir de môman, que Cranach n'était encore qu'un jeune type sans expérience.

— Je n'avais pas emporté assez de provisions

avec moi, et au bout d'une semaine, parce que ça a duré une semaine, il n'y avait plus rien, les chiens étaient affamés. Ah oui, parce que je ne vous ai pas dit, j'étais venu en traîneau, avec un équipage de chiens.

— Ouiiii, bien sûr, dit Madalen en souriant, sur un ton parfaitement blasé, comme si tout cela allait maintenant de soi.

— Quand la tempête s'est calmée, poursuit Cranach sans relever, le père de famille m'a fait comprendre qu'il fallait nourrir les chiens. Je ne pouvais pas repartir sur la banquise avec un équipage le ventre vide. Et nous voilà partis pour chasser. Mais, ce que mon ami l'Eskimo ne m'avait pas précisé, il s'appelait Qolutanguaq, c'est que la seule bête qu'on pouvait chasser à ce moment-là, disons « statistiquement », c'était l'ours blanc.

— Pourquoi ? intervient Derain.

— Pour chasser le phoque, il faut trouver les trous de respiration : après la tempête, c'est même pas possible, ils ont disparu sous la neige. Les caribous, quand ça commence à cogner, ils débarrassent le plancher. Et les oiseaux, c'est pas compliqué : y'en a pas. Reste l'ours blanc. Et je ne dis pas ça pour me faire mousser, mais c'est quand même l'animal le plus dangereux. Le seul qui attaque l'homme. Et sur la banquise, blanc sur blanc, il est vite derrière ton dos. Donc on part, lui sur son traîneau, moi sur le mien, avec des chiens qui ont faim. À un moment, on repère des traces immenses, on aurait dit des empreintes préhistoriques. L'autre se tourne vers moi, il me dit, un peu comme Ernst tout à l'heure : le premier qui voit l'ours a gagné. C'est la tradition là-bas, l'ours appartient à celui qui l'a vu le premier. Un peu comme chez nous, remarque. Si je vois que t'as levé un chevreuil, je ne vais pas bouger le petit doigt, il est à toi, c'est normal. Le problème, c'est que moi, tu me donnes un défi, n'importe lequel... je me prends tout de suite au jeu. Un peu plus tard, je me retourne, l'autre s'était embourbé, j'étais devant, tout content, genre « à moi l'ours blanc », le sourire aux lèvres, on aurait dit Tintin sur la banquise. Quand j'y repense, je me dis que j'étais vraiment inconscient. Non seulement je n'avais jamais chassé l'ours blanc, mais en plus je ne savais même pas comment on faisait, et j'en avais jamais vu non plus, seulement en photo. Mais tant que t'en as pas vu un, en vrai je veux dire, t'en as jamais vu. Et puis... les chiens tirent. Je crois que je prends vraiment de la distance. Tout à coup, je les sens qui tirent plus fort. Ils se mettent à aboyer, je sais qu'ils ont flairé quelque chose. Les chiens de trait, c'est pas comme nos chiens, ils ont du sang de loup, c'est des vrais prédateurs. C'est pas des fox-terriers ou des saint-hubert je veux dire, enfin j'aime bien mon chien, c'est pas la question.

Il cherche machinalement sa tête sous la table, le caresse.

— Et là, je le vois. Il est devant, jaune pâle. Et il court. Et ça court, un ours, ça galope, même. Alors je lâche mes chiens à sa poursuite. Moi, je détache ma carabine qu'était brêlée à l'arrière. Je m'approche. Même de loin, je trouve qu'il est énorme. Je l'aperçois, là-bas, qui s'arrête de courir parce que les chiens l'ont encerclé. Ils aboient en montrant les crocs, ils tiennent bien le ferme, mais à chaque fois qu'il se met à grogner, je les vois qui reculent. Ils ont peur. Et là, tout à coup, j'en aperçois un qui ne recule pas, qui s'approche un peu trop près. Je me dis : il va se prendre un coup de patte. J'ai pas le temps de finir ma phrase dans ma tête que, vlan, il se prend un coup de patte. Je vous promets que c'est vrai : dix mètres.

Il a ouvert les doigts, élargi les bras.

— Dix mètres. Il a volé dans les airs, je l'ai vu atterrir : dix mètres. Tout simplement. Et là, je commence à avoir peur parce que mes chiens sont en danger, je suis tout seul et je dois tuer l'ours. J'ai quand même le temps de me dire dans ma tête : t'as voulu faire l'intéressant, c'est réussi. Maintenant, t'as les deux pieds dedans, débrouille-toi. Je pense à deux choses. Un : faut que je tire à bout portant pour ne pas blesser un chien, donc faut que je m'approche le plus près possible. Deux : ma première balle est la bonne.

— Sinon ? demande Ethel.

— Sinon l'ours va me charger. Et si j'ai pas le temps d'en tirer une deuxième, c'est fini, on n'en parle plus.

Il sort une cigarette, prend le temps de l'allumer.

— J'avance doucement vers l'ours. Il me voit. Tout en marchant, j'épaule doucement ma carabine. Il me regarde. J'avance encore avec mon arme. Il ne s'occupe plus des chiens. Il a compris. Je le vois qui se dresse sur ses pattes arrière, qui se met à rugir à te mettre la chair de poule pour le restant de tes jours. Je présente mon œil devant la visée en me disant : toi bonhomme, je vais pas te faire de cadeau. Mais là…

Soudain, il a de l'admiration dans la voix :

— J'ai appris plus tard que c'était une tactique bien connue de l'ours blanc… Avant même que j'aie pu viser, il saute sur le côté, par-dessus le cercle des chiens ! Il me prend au dépourvu, je ne sais pas pourquoi il fait ça. Alors je le suis avec mon arme, à bout portant. Et là, je comprends : j'entends un bruit de vaisselle cassée. La glace qui se brise autour de moi. Il pèse une tonne, il *sait* qu'il pèse une tonne, il *sait* que la glace est fragile, il veut la briser pour faire tomber tout le monde dans l'eau ! Je regarde sous mes pieds : il a réussi l'enfoiré ! Comme dans un rêve… je vois le sol qui se découpe sous mes pieds, en puzzle, autour de moi, des traits qui se dessinent, le morceau de glace sur lequel je suis bascule, et je tombe dans l'eau.

— …

— L'eau, elle n'est pas froide, elle n'est pas glacée, elle est pire que ça. C'est comme si on m'enfonçait mille lames dans le corps au même moment. Je n'arrive même plus à respirer. Bizarrement, j'ai quand même le réflexe de lever ma carabine pour qu'elle ne prenne pas la flotte, comme ça.

Il lève les bras.

— J'essaye de rejoindre le bord avec les pieds, mais la glace est pourrie, je n'arrive pas à prendre appui, elle se renverse, elle s'effrite. Là, je commence à paniquer vraiment, je jette mon arme sur le bord, je veux sortir de là, sauf que…

— …

— … sauf que je ne suis pas tout seul dans l'eau. Il y a l'ours à côté de moi.

— Non.

— Il y a l'ours à côté de moi.

— Non.

— Il y a l'ours à côté de moi. Et je n'ai plus mon arme. Le plus drôle, c'est qu'il ne s'occupe pas de moi, il surveille encore les chiens qui continuent de lui aboyer dessus depuis le bord. Moi, je me tiens le plus loin possible dans l'eau, tout ça va très vite, j'ai juste le réflexe de m'éloigner le plus loin possible, j'ai trop peur de le voir nager vers moi... et en même temps, je sais très bien que je ne vais pas tenir longtemps, mes vêtements sont presque raides, je vais bientôt m'évanouir. Je ne sais pas quoi faire, je ne sens plus mes doigts, je ne sens plus mes jambes, mes vêtements sont lourds, je crois que j'essaye encore de me sortir de l'eau... Je n'y arrive pas !

Il marque une pause, le regard vague.

— Je ne sens plus rien, je n'ai plus de forces, je n'arrive même pas à me hisser sur le bord. Je me retourne, je regarde l'ours, je me dis : il va nager vers moi. Mais il y a toujours les chiens. Je les entends aboyer, je les vois s'approcher du bord par à-coups, par petits bonds, en lui hurlant dessus. Je les regarde comme lui, par en dessous, depuis le trou, donner de grands coups de gueule... même moi ils me font peur maintenant.

Il reprend sa respiration, réfléchit un instant.

— À un moment donné, c'est dur à expliquer, je sais que je vais mourir. C'est instinctif, je comprends que je ne vais pas m'en sortir, et là, immédiatement, c'est presque immédiat... je n'ai plus peur. Peut-être que c'est le froid. Je n'ai plus de sensation, je ne sens plus mon corps. Je suis dans mon trou, dans l'eau noire, je vais mourir, et je trouve ça très logique, très simple, presque normal. Et là, l'ours tourne la tête vers moi. Une tête énorme, avec des yeux minuscules, très noirs. On se regarde. On a tous les deux la tête hors de l'eau, on est à la même hauteur. On est dans le même trou, il y a les bêtes au-dessus de nous. Vous ne me croirez pas mais tant pis : j'ai l'impression qu'on est à égalité. Je n'ai plus peur de lui. Je le regarde même dans les yeux. Il n'y a pas de méchanceté dans son regard. Je ne lui en veux pas et lui, il me regarde avec une sorte de, une sorte d'indulgence. C'est idiot ce qu'on se dit dans ces moments-là, j'ai pensé : elles sont bien faites les peluches pour les gosses, elles sont vachement ressemblantes. Et je sens que je commence à avoir les huskies dans le dos, alors ça me réveille. Comme je ne veux pas me retrouver coincé entre l'ours et les chiens, j'ai encore la force de gueuler pour qu'ils la ferment. Ils se taisent immédiatement en entendant ma voix. Je crois que ça, ça l'impressionne un peu, l'ours, que j'arrive à les faire taire comme ça, juste en leur parlant. Lui, il n'a pas froid, il flotte dans l'eau avec ses couches de graisse. Il me regarde avec sa bonne tête. À ce moment-là, je me dis que si je m'en sors, si j'arrive à remonter à la surface par je ne sais quel miracle, je voudrais qu'il vive. Je voudrais que cet ours-là vive. De toute façon, c'est présomptueux de penser que je puisse m'en tirer, que je puisse encore avoir le choix de lui sauver la vie, à lui. C'est que je suis de plus en plus calme, je n'ai plus froid, je crois même qu'à un moment, je suis bien, je trouve que ce n'est pas si mal d'être là, de mourir comme ça.

— T'es là, alors comment t'as fait ?

— J'ai entendu un bruit derrière moi. Je me suis retourné : c'était mon ami eskimo. C'est bizarre, mais je me souviens qu'il était livide, blanc de peur. Ça m'a effrayé de le voir avec ce regard-là. Il me braquait avec sa carabine, les jambes écartées sur la banquise, en surveillant l'ours du coin de l'œil. C'est bête, mais j'ai pensé un moment qu'il voulait me tirer dessus. Et puis j'ai compris qu'il me tendait son arme comme un bâton pour que je l'attrape, pour qu'il puisse me tirer sur le bord. J'ai saisi le canon et il m'a hissé. Mes mains tenaient toutes seules. Je n'avais pas besoin de serrer, elles étaient soudées au métal à cause du froid. J'ai un peu rampé sur la glace et je me suis évanoui. Quand je me suis réveillé, quelques heures plus tard, j'étais chez lui, dans son abri, au chaud, sous des couvertures. Il me donnait la becquée.

— Et l'ours ?

Il se tait, ne dit pas la suite, plein d'une soudaine gravité. Il voit que Madalen s'est mise à hocher la tête, à rire nerveusement.

— Non ?

Il devine qu'elle a compris.

— Si.

— Non ?

— J'en avais plein la bouche.

— Quoi ?

— Mon ours, j'en avais plein la bouche.

— C'est pas vrai..., gémit Madalen.

— Non, c'est pas vrai, dit Cranach.

— Qu'est-ce qui n'est pas vrai ? Ton pote, il a pas tué l'ours ?

— C'est son histoire qui n'est pas vraie ! éclate de rire le colonel, comme s'il savait depuis longtemps.

— Oh, God ! lâche Ethel.

— Ne me dis pas que t'as inventé toute cette histoire..., supplie Madalen.

— Si, dit Cranach.

Ils rient de bon cœur, bons perdants. Madalen se met à tambouriner sur l'épaule de Cranach en poussant des grognements enragés.

— Mais c'est tiré d'une histoire vraie quand même ! proteste Cranach. C'est vraiment arrivé à un explorateur qui traversait l'Arctique, il s'appelait Knud Rasmussen. C'était il y a un siècle.

Derain sourit. Cranach l'a bien racontée tout de même, son histoire, il y était aussi, lui, dans le trou.

— Au moins, ici, on ne risque pas de rencontrer d'ours blanc, dit Ethel, soulagée.

6

— En route, mauvaise troupe, dit le colonel.

Ernst et Morten attendent dehors depuis un moment déjà. René Derain les rejoint, la main serrée sur sa carabine. À sa vue, le braque de von Sydow tombe en arrêt. L'immobilisation subite de l'animal ne lui a pas échappé. Il s'aperçoit que, par réflexe, le vieil homme s'est immobilisé lui aussi. Il ne comprend pas. Le vieillard et la bête sont aux aguets devant lui, stupides, en attente de quelque événement. Campé dans ses bottes galbées en mollet de coq, le colonel les regarde tous les trois, amusé. Il comprend le premier la situation, et lance, plein d'estime :

— Quand la veste commence à attirer les chiens, c'est bon signe.

Derain se tâte, regarde par le dessus ce vêtement qu'il n'a jamais lavé. Il a cuit et recuit, successivement brûlé par le gel et le soleil. La couleur a passé. Le sang, la terre, la pluie, la neige sont venus se glisser dans les replis des soufflets, les rabats de ses poches, chaque décroché de l'étoffe. Les gibiers qu'il a portés sur les épaules, ballottés contre ses flancs, hébergés dans sa poche-carnier ont suffisamment altéré l'odeur de la veste pour tromper le chien.

— Ruhig !

Les trois hommes rient de voir l'animal à ce point troublé. Le maître a beau tenter de la rassurer, la bête se range sous le fusil, continue de considérer René Derain avec suspicion, comme s'il pouvait se mettre à bruire et s'envoler avec fracas.

Debout devant le coffre ouvert de son 4 x 4, Morten Mørtensen affûte son couteau. Il va et vient de la main droite, cherche à peler le galet qu'il tient dans la main gauche. Ignorant les rires, les yeux baissés sur la pierre à aiguiser, il tire la lame, la repousse sans cesse, en tâte le fil avec le pouce. Derain lui trouve un air un peu viandard, à aiguiser son couteau au cul de sa Jeep.

En découvrant le chalet à la lumière du jour, il a une impression bizarre de propreté, d'équilibre. Les murs en bois ont la couleur du vieux vin. Les châssis des fenêtres, là-dessus, sont d'une blancheur éclatante. Chaque vitre est divisée en huit carreaux de dimensions égales. L'écart type entre les fenêtres est rigoureusement le même. L'étonnement provient de sa ressemblance probable avec le dessin qu'aurait couché un enfant sur le papier, si on lui avait simplement demandé de dessiner une maison. Les murs extérieurs forment un rectangle pur, le toit un triangle pointu. De la symétrie brute. Pas la moindre saillie, pas la moindre dépendance. On est allé à l'essentiel, comme si l'architecture en bois, l'isolement du lieu ne permettaient pas de faire autrement. Perchée sur le toit, la cheminée achève de décevoir : une reprise de la maison, carrée et chapeautée d'un toit dont l'angulation est rigoureusement identique à l'autre.

Les femmes apparaissent sur le perron. Madalen a enfilé un pull camionneur en maille côtelée aux épaules renforcées, les fesses moulées dans un knicker de peau. Ethel Brakefield porte une simple veste de chasse sur une chemise en coton peigné, et des jambières de peau. Aux pieds, des chaussures à tige haute, croûtées de cuir.

Lucas Cranach ferme la porte derrière eux sans prendre soin de donner un tour de clef. Il a enfilé un pantalon de peau, une veste en loden, des bottes de caoutchouc doublées de cuir. Il porte sa pibole en bandoulière, la brandit, l'air joyeux, s'enquiert de la signification des coups de corne dont on vitalisera la battue. Derain s'aperçoit qu'il lui faut encore un court instant pour se rappeler que Cranach n'a jamais chassé l'ours blanc, que ce fameux pull écru avec ses empiècements aux coudes, c'est peut-être bien sa mère, finalement, qui l'a acheté. Pour l'instant, il a beau savoir qu'il n'y était pas, il a encore l'image du jeune homme dans son trou. Il sait que l'illusion persistera peut-être quelques jours encore, ne serait-ce qu'un quart de seconde, alors qu'il se tournera vers lui, qu'il le verra debout dans la cuisine, descendant l'escalier, ou dehors, au milieu des chiens. Cranach, le cheveu triste, sera encore plus ou moins celui qu'on a repêché dans l'eau noire.

Le colonel lève les bras, semble vouloir être le centre d'un cercle qui a du mal à se former :

— Comment dit-on renard ?

Il veut trancher seul la question des sonneries d'annonce attribuées à chaque animal.

— Fox, dit Ethel.

Le Danois plante la lame dans sa poche cuissarde,

extrait sa carabine de la valise diplomate, rejoint le petit groupe qui s'arrondit autour du colonel.

Il repart :

— Fox, un coup long.

Ethel Brakefield montre le pouce. Elle s'apprête à traduire en allemand, mais von Sydow lève la main pour signifier que c'est inutile.

— Che-vreuil, deux coups longs.

Elle répète, en montrant le pouce et l'index :

— Roe deer.

Il épelle les syllabes en comptant sur ses doigts :

— Pour un cerf, c'est un cer-vi-dé, trois coups longs.

Elle brandit trois doigts, excitée par la fantaisie de ce morse rudimentaire :

— Stag !

Le colonel compte dans sa tête en remuant silencieusement les lèvres, conclut :

— Et pour l'élan, c'est un grand-cer-vi-dé, quatre coups longs.

La vieille fille tend quatre doigts vers le ciel :

— Elk !

Un à un, ils dévalent dans le saut-de-loup. Plus petits, les chiens disparaissent comme dans une trappe, pour rejaillir brusquement de l'autre côté, rendus par le fossé.

À intervalles réguliers, ils entrent sous le couvert.

7

Ils s'écartent peu à peu, étendent une ligne invisible. À petites foulées, les chiens peignent l'enceinte arbitraire qu'ils ont délimitée. Ils ne voient pas encore le marais dont parlait Ernst von Sydow, cintré par la forêt, contre lequel ils poussent l'accul. Ils avancent, confiants. Leurs bottes s'enfoncent silencieusement dans la terre grasse. Ils respirent à pleins poumons son odeur lourde et enivrante. Ils progressent inexorablement, ratissent la forêt avec une rigueur de machine. Ils ne voient déjà plus le rabatteur de droite, ni celui de gauche. Les troncs retiennent la vue. Bien qu'espacés les uns des autres, les arbres font volet. Le hasard de leur quinconce ferme immédiatement le regard.

Chacun est à sa solitude, attend le premier coup de feu, le cœur battant, le doigt le long du pontet.

Est-ce la ligne dure des troncs tendus vers le ciel ? Ces branches qui ne tremblent pas sous la caresse du vent ? La forêt a quelque chose de raide, de figé, semble prévenir qu'on peut bien l'attaquer, elle ne ploiera jamais.

Derain avance encore de quelques mètres, s'arrête, observe la végétation noire.

Il écoute.

Le calme est étonnant.

Il ne reconnaît pas les mille bruits qui font habituellement le silence de la forêt. Il voudrait déjà entendre claquer les coups, que les chiens aboient, non pour que la chasse commence, mais pour sentir qu'ils ont pris possession des lieux.

Voilà que ça grimpe un peu. La butte lui offrira peut-être une vue plus dégagée. En haut, il s'arrête. Cranach est immobile, ployé sur un genou. Sans se retourner, le jeune homme lui adresse une imposition de la main : silence.

À une centaine de mètres, noyé dans les aulnes ocre et sang : un orignal. Son énorme tête se dresse, les lèvres boudeuses. Monté sur ses maigres échasses, il mâche, les oreilles rabattues sur les joues. Derain et Cranach sont à bon vent, l'animal les a peut-être entendus mais ne s'en est pas inquiété. C'est que la bête donne l'impression tranquille d'être chez elle, toute à sa mastication.

Cranach épaule son arme.

Au creux du pouce, il ôte la sûreté, retient sa respiration.

Il tire.

Le coup de feu explose violemment, la crosse lui rue dans l'épaule.

Derain dit :

— Je crois qu'il a pris.

La violence de la détonation s'est répercutée à travers la forêt. Cranach n'a pas entendu le verdict de Derain, assourdi par l'explosion.

Dans la lunette de son arme, l'animal est debout. Cranach manœuvre la culasse de la carabine, fait monter une autre balle. Au loin, Derain entend déjà les chiens fondre sur la bête en hurlant.

Cranach vise, presse son doigt sur la détente,

lâche une deuxième balle. Derain est presque sûr de l'avoir entendue frapper le cuir.

Cranach désépaule, jette un œil hors de la lunette.

— Bon sang !

C'est une bête formidable. La saillie du garrot atteint la hauteur d'un homme.

Les mains de Cranach se mouillent de sueur. Les chiens, de toutes parts, ont fondu sur la bête, viennent l'encercler à grands récris. L'animal ne se défend même pas. Cranach recharge l'arme, de la sueur plein les yeux, la bête est à lui ! Il s'assoit carrément, cale ses coudes à l'intérieur de ses genoux.

— Va pas nous tuer un chien, dit Derain.

Cranach n'entend plus. La carabine claque encore au milieu des abois jetés à pleine gueule. Il lève les yeux, comme s'il ne pouvait plus faire confiance à la lunette de visée, à tout ce qui aurait un lien quelconque avec cette carabine de malheur.

La bête est toujours debout.

Derain voit la honte qui se ramasse, se jette brutalement sur Cranach, le renverse et lui prend la gorge.

Cranach lâche une quatrième balle sur l'animal immobile. La violence du coup le fait cligner des yeux. Pris d'une obstination, il recharge encore. Il va pour brûler sa cinquième balle. Derain pose une main sur sa carabine, le contraint doucement à désépauler. L'autre le regarde, hagard, frappé de stupeur mentale.

— Il est mort, dit Derain.

— MAIS IL EST DEBOUT !

Là-bas, Morten Mørtensen a surgi entre les arbres, s'est approché de l'animal toujours en équilibre sur ses quatre jambes maigres, bizarrement écartées. Il a ouvert son couteau, affermi son poing sur le manche. Derain parierait qu'il a tout vu de la scène, les tirs répétés, l'animal immobile, qu'il ne vient que vérifier ce qu'il sait déjà. Arrivé à hauteur, il se jette, plante la lame de toutes ses forces dans le corps de la bête. L'animal bascule, hésite un instant comme un arbre avant la chute ! Puis verse, s'effondre dans les aulnes. Le Danois se tourne vers eux, debout, vainqueur, à la place de l'orignal. Il crie à leur intention, plein de rire :

— Den er stendød !

Derain pose une main sur l'épaule de Cranach :

— Il a pris dès la première balle. Tu l'as séché tout de suite.

L'autre le regarde sans comprendre.

— La balle l'a tétanisé.

— Mais ?

— Il est mort debout.

Derain dit cela d'un air détaché, comme si cela allait de soi. Il sait que c'est arrivé une fois à un ami de son père, en Afrique, avec un buffle. Un buffle ! Ici, le coup de poing des dernières balles aurait dû au moins renverser la bête. C'est la première fois qu'il assiste au phénomène, mais il feint de ne pas s'en étonner.

Cranach ne dit mot, épuisé. Il n'a pas le courage de corner, alors Derain embouche sa pibole, taïaute quatre coups longs, suivis d'une série de coups brefs.

Ils dévalent la pente, rejoignent les chiens qui terrorisent le corps.

— Elle doit être bien dure cette viande-là, dit le colonel en arrivant.

— Elle sera bonne pour les chiens, dit Ethel.

Les jambes écartées de part et d'autre de la bête,

le Danois ouvre la panse, donne des tapes en riant sur les museaux des chiens impatients.

— Rolig nu ! I skal nok komme til.

Il se redresse, le front inondé de sueur, s'éponge d'un mouvement de poignet. Une fine cicatrice traverse l'un de ses sourcils, se prolonge sur le haut de sa joue, décolorée. Derain ne l'avait pas remarquée la veille. Il en est presque soulagé, comme face à un équilibre restauré, comme si la cicatrice compensait la beauté de ses lèvres, la perfection de son grain de peau.

Lâchés sur la carne, les chiens déchirent le cuir, mordent dans la chair avec un bruit d'eau.

Soudain, Derain dégaine son couteau, enjambe l'animal, dispute aux bêtes le cœur et le foie. Il enfouit les deux abats dans un pochon, qu'il glisse dans sa poche ventrale, puis essuie ses mains rougies dans la terre.

— Pour l'apéritif, dit-il en souriant.

8

La nuit commence à tomber quand ils rentrent enfin.

Devant, Lucas Cranach ouvre la route. Derain a surpris tout à l'heure, dans son regard, une gravité inattendue. Il était encore si fier, ce matin. Maintenant, il semble aller comme si de rien, le pouce passé à la sangle de la carabine. Mais Derain le devine dans son air, sa manière de marcher, cette façon polie qu'il a d'écarter les branches du plat de la main, quelque chose ne va pas.

Ils ne reconnaissent pas tout à fait le chemin pris à l'aller. La forêt semble s'être un peu resserrée. Les sapins rapprochés forcent à des crochets, des évitements. Les branches les plus basses les obligent parfois à se glisser de profil. L'œil est retenu partout, ne parvient pas à trouver une ouverture.

Derain a le sentiment que.

Les arbres résistent à leur passage, retiennent les brides de leurs carabines, accrochent les rabats de leurs poches.

Ils ne traversent pas la forêt, c'est elle qui les laisse passer.

Dans son dos, Ethel et Madalen marchent côte à

côte. Des bribes de conversation lui parviennent. La vieille Écossaise a pris le coude de la jeune femme.

— Quel âge avez-vous, Madalen ?

— Trente-deux ans.

— Vous avez des enfants ?

— Non.

— Vous ne pouvez pas ?

— Cette question ! Si ! Enfin, je crois, je ne sais pas.

— Vous n'en voulez pas ?

Plus fines, elles semblent avoir moins de mal que les hommes à se frayer un passage dans la végétation.

— Si, dit Madalen, plus bas, comme si elle trouvait cette question plus intime que les autres.

— Alors ?

— Alors quoi ?

— Pourquoi vous n'en avez pas ?

Il lui semble que la vieille femme a pris un ton vaguement autoritaire.

— Mais je ne peux pas faire un enfant toute seule !

Ethel s'arrête. Madalen la voit qui la dévisage un instant, semble peser de mystérieuses probabilités, le pour et le contre, réfléchir à quelque concours de circonstances. Puis, tout à coup, elle l'entend qui tranche :

— Une jolie fille comme toi, tu trouveras.

Madalen sourit en baissant les yeux, troublée de voir cette vieille fille se soucier d'elle, la tutoyer tout à coup.

— Je ne suis pas si jolie.

Tout en marchant, Ethel la regarde encore.

— Si, tu es jolie.

Sa voix s'est un peu voilée. Elle l'oblige à s'arrêter

encore, prend ses mains dans les siennes, les presse, veut soudain faire passer en elle cette certitude.

— Tu es jolie.

Ses mains s'ouvrent et se ferment, elle cherche ses mots.

— Il faut faire des enfants quand on a ton âge.

Elle a un sourire tremblé.

— Mais si.

Un froid vivifiant pique le visage, fait pleurer les yeux. Ils portent une main au col, ferment les glissières. Ils marchent les uns derrière les autres dans la largeur permise par les arbres, le corps tassé, se faufilent entre les branches, les retiennent en se faisant des politesses.

Madalen prétend avoir tiré une perdrix, prend Ethel à témoin.

— Menteuse ! Je ne t'ai pas entendue tirer, fait Derain en se retournant.

— Mais si ! Pendant que vous mettiez votre raffut, là, que l'animal il était mort déjà.

— Coureuse !

— J'ai pas besoin de vider ma cartouchière et la forêt avec. Ah mais.

Elle sort de sa poche une petite perdrix, la lui tend. Derain saisit le volatile dans le creux de ses mains, passe ses doigts épais dans le plumage, en dérange l'ordonnancement. Sous le regard étonné de ces dames, comme s'il était seul et qu'il vienne de ramasser l'oiseau, il plonge le nez dans son jabot, inspire à pleins poumons, ferme doucement les yeux, s'enivre du parfum sauvagin et musqué.

Il rend l'oiseau à la jeune femme. Il n'en mettrait pas sa main à couper, mais il croirait bien que la vieille a rougi.

9

Une flamme bleue ronge la feuille de papier froissée, semble d'abord vouloir s'éteindre, étouffée sous l'échafaudage. On la croit morte un instant, la voilà qui réapparaît, s'accroche, se fraye un chemin entre les branches sèches. Dans un crépitement joyeux, la flamme claire s'élance vers le haut.

Dans la cuisine, ils ont allumé la cuisinière en fonte, réchauffent un verre d'alcool entre leurs mains. Au bout du couloir, dans la grande pièce, flambe le grand feu qui ranime le sang. Bizarrement, c'est là, dans la cuisine encore froide, qu'ils viennent se serrer autour de la table.

Ethel plume la perdrix, Ernst cherche une broche, Madalen vérifie on ne sait quoi dans le miroir de poche de son poudrier.

Derain se présente devant elle, une main pliée dans le dos :

— Reine ?

Elle ne lève pas les yeux, qu'elle écarquille toujours, l'air concentré. Il insiste :

— Reine ?

— Reine de quoi ?

— Voilà le cœur de Blanche-Neige, ainsi que vous me l'avez demandé.

Il lâche le contenu de sa poche-carnier sur la table. Le sac s'y écrase avec un bruit mou. Elle sursaute à la vue des abats qui ont rougi les plis du plastique, sanguinolent comme du papier de boucher. Elle fait la grimace, repousse le sac. Il rit bêtement, s'empare des bas morceaux, les verse sur une planche de bois et entreprend de les découper en gros dés. Deux chiens assis sur le carrelage lui font les yeux doux. Il leur jette des carrés de viande, qu'ils gobent d'un mouvement sec. Dans la souillarde, il trouve un bidon d'huile, des sacs renforcés de farine et de sucre. Il verse sur le métal brûlant une rasade d'huile épaisse, qui est immédiatement liquéfiée par la chaleur, jette une poignée de viande, qui se met à crépiter dans un nuage de fumée.

Morten tire les verres, les remplit encore d'un demi-pouce d'aquavit.

Cranach écoute les conversations, rit au mot de la fin, d'un rire sec et sans joie. Il cueille avec lenteur, entre le pouce et l'index, les miettes de tabac égarées par le colonel occupé à bourrer sa pipe. Il suit du doigt une veine du bois, fait rouler son verre dans les paumes de ses mains, a des gestes minuscules.

Derain s'assoit en face de lui, de l'autre côté.

Il y a la perdrix posée à même la table, pantelante. À côté, le tas de plumes. Derain regarde le duvet sur le crâne de Cranach : il pourrait prêter à confusion, comme si c'était lui qu'on venait de plumer.

— Est-ce que vous avez déjà vraiment eu besoin d'aide, dit le colonel, je veux dire vraiment ? Vous savez, quand il faut que les gens se mouillent en face.

Derain se lève, retourne aux fourneaux,

saupoudre de sel et de poivre la viande noircie. Il la verse dans une assiette, qu'il promène dans la cuisine en imitant l'accent d'outre-Rhin :

— Bone apétite.

Ils piochent dans le plat. La viande fond dans la bouche.

— On n'a plus aujourd'hui l'occasion d'éprouver sérieusement une amitié, poursuit le colonel.

Il plante son regard dans celui de Madalen, puis d'Ethel, alternativement, veut s'assurer de leur complète et totale attention.

— Une nuit, j'ai appelé dix-neuf de mes amis sûrs pour leur annoncer que je venais de tuer quelqu'un.

Les deux femmes le regardent, fascinées.

Derain les a rejoints, intrigué lui aussi.

— À chacun j'ai dit la même chose, exactement. J'ai besoin : d'argent, d'une voiture, de cacher le corps, d'un endroit où passer la nuit. À chacun, j'ai répété ça. Dix-neuf fois.

Les yeux des femmes pétillent, elles ne disent plus un mot, tout à l'anecdote du colonel. Derain surprend à nouveau une absence dans le regard de Cranach. Il écoute à peine, le visage bas. Derain sent qu'il est toujours dans le bois, qu'il prend encore dans l'épaule les ruades de son arme.

— Savez-vous combien ont accepté de m'aider ?

Un rire nerveux grelotte dans les gorges.

Cranach a les yeux arrondis sur cet élan qui ne veut pas mourir, Derain le voit qui agace son paquet de Gitanes, le fait basculer sur l'arête, l'allonge doucement sur la table, comme si le coup avait porté.

— Il y en a onze qui ont refusé, cinq qui ont hésité. Il n'y en a que trois qui ont accepté de m'aider ! Mes amis les plus sûrs ! Vous vous rendez compte ?

Derain saisit le paquet des mains de Cranach, s'octroie une cigarette. Son regard traverse la table, rencontre le sien. Sa voix calme surplombe celle du colonel, les rires des femmes :

— Il est mort, ton élan.

Cranach le regarde allumer sa cigarette, surpris de l'intrusion brutale de Derain dans son intimité.

Le colonel demande encore, par défi :

— Savez-vous combien de noms j'ai rayés de mon répertoire cette nuit-là ?

Vrai, elles aimeraient bien le savoir.

Derain répète, en articulant autour de la cigarette plantée entre ses lèvres :

— T'en as plein la bouche de ton élan.

— Combien en avez-vous rayés ? dit Madalen.

Derain sourit :

— C'est ta première balle qui l'a tué.

— JE SAIS !

Cranach le foudroie du regard, crie avec une violence qui n'est pas proportionnée au reste.

Les autres se taisent. Le colonel, qui jubilait, se dépêche de conclure :

— J'en ai barré seize, ceux qui ont refusé, ceux qui ont hésité, ça fait seize.

Cranach contient de sa main gauche le tremblement de sa main droite.

Un silence pesant règne dans la cuisine. Ils devinent que Derain, si calme, est pour quelque chose dans la brutalité soudaine du jeune homme. C'est à lui que Cranach s'adressait, il avait l'air de se défendre, c'est qu'il était attaqué.

10

Le dos large de Derain éclipse la flamme. Une ligne rouge dessine le contour de ses épaules. Il tend les mains vers le foyer, le visage cuit par la chaleur des braises, sent depuis quelques instants déjà la présence de Cranach à côté de lui. L'autre s'est avancé dans la lumière, sans mot dire, ne tourne pas encore la tête, laisse le silence faire son travail, parvient à lui signifier que les mots sont oubliés, qu'il ne s'agissait que d'un coup de sang.

— Je suis garde forestier, dit soudain Derain, et je trouve que...

Il ne quitte pas la flamme des yeux, hésite à poursuivre. Mais puisque Cranach respecte son silence, le temps qu'il prend à formuler cette pensée idiote, il continue :

— Je suis garde forestier et je trouve que, je trouve que cette forêt ne ressemble à aucune autre. Elle ne me va pas, elle est...

Et comme si le dire lui en faisait prendre conscience tout à fait :

— Bizarre, oui.

Il a un regard bref sur le côté, Cranach approuve d'un mouvement lent de la tête :

— Moi, ça fait vingt ans que je chasse, je vais te

dire, j'avais dix ans quand j'ai accompagné mon père pour la première fois, ça fait vingt ans, eh bien j'ai jamais vu ça. Elle est bizarre cette viande, je suis garçon boucher, je peux te le dire, même au goût elle est bizarre. Toi, c'est la forêt, moi, c'est la viande.

Derain hoche la tête. Encouragé, il surenchérit :

— C'est vrai, quoi, elle est là, toute droite, on dirait que les arbres sont là depuis toujours, tu sais, une espèce de forêt…

Il rit :

— … une espèce de forêt antique. Où aucune hache ne serait jamais entrée, tu vois le truc ?

Il réfléchit un instant :

— Oui, c'est ça, une forêt intacte, qu'aucune hache n'aurait jamais violée.

Il se surprend lui-même de la formulation qu'il a trouvée, se tait tout à coup, avec la peur d'avoir trop parlé.

— Vous plaisantez, j'espère ?

La voix provient du fond de la pièce, Derain et Cranach se retournent d'un même mouvement. Le colonel, tourné vers la fenêtre, semble se tenir là depuis le commencement.

— Vous parlez d'un viol ! Mais c'est la forêt la plus brutalisée de tout le continent ! Vous pouvez la ranger, votre hache, c'est à la tronçonneuse que ça se passe.

Il sourit, les yeux égarés dans la nuit.

— On a du sapin blanc, du rouge, du bouleau, du pin… C'est de ce bois-là qu'on fabrique le papier, dit-il en cognant du poing le montant de la fenêtre. En venant ici, vous n'avez pas vu les rondins alignés sur le bord de la route ?

Il rit, ravi de leur donner une leçon de choses.

— Ils vont vous les débiter, mon vieux, vous les cuire, vous les broyer, vous en faire de la chair à papier.

Les deux hommes acceptent de se laisser stupéfier, dos au feu. Le colonel a l'air d'y prendre un tel plaisir.

— Il y a assez de bois pour approvisionner tout le Vieux Continent, peut-être même une partie du monde. Qu'est-ce que vous voulez que je vous dise ? C'est considérable. Cette forêt nous fournit en papiers d'emballage, en carton-pâte, en papier peint, en cahiers, en journaux, en magazines...

Il se tourne vers eux, écarquille brusquement les yeux :

— ... en livres !

Il désigne les quelques romans alignés sur la bibliothèque :

— Tenez, ceux-là par exemple, vous pouvez être sûr qu'ils ont été fabriqués avec du bois qui vient d'ici.

Il fronce légèrement les sourcils :

— Je parie que les arbres qui ont servi à les imprimer ne sont pas tombés loin. Mais ils sont chez eux dans cette forêt ! Ils reviennent au pays ! Et pensez à tous les livres qu'on a imprimés par le passé, tous ceux qu'on va imprimer encore...

Il a un geste vague, très large, le sourire aux lèvres :

— Mais c'est la plus grande bibliothèque du monde ici !

11

— C'est un délice, dit le colonel en rongeant une aile.

— Sehr lecker ! dit Ernst.

— En allemand, ça veut dire miam, dit Ethel.

— Miam miam ! rectifie Madalen.

— Ah ? Vous dites deux fois miam ?

Elle a un rire de petite fille.

Morten a compris qu'un tour d'Europe des expressions idiomatiques était en cours.

— Nam nam !

— Maintenant on sait le dire dans toutes les langues, dit Derain.

Il y a dans chaque assiette un septième de la minuscule perdrix. Ils ont été obligés de prélever de la nourriture dans les placards pour compléter le repas, cuire du chou aigre-doux, des pommes de terre à l'eau, recouvrir la table de sardines, de pâtés, de fromages jaunes et bruns. Derain réalise qu'ils n'avaient aucune chance de se rencontrer ailleurs qu'ici, tous les sept. C'est un drôle de hasard de se retrouver là, au fond d'une forêt bien noire, réunis par la même envie de chasser.

— C'est simple à faire ! crie Madalen.

— C'est toujours ce que disent les bonnes cuisinières, dit le colonel.

— Mais non !

Alors qu'on ne le lui a pas demandé :

— Tu vides la perdrix, tu gardes les foies et les gésiers. Tu frottes l'intérieur avec du sel et du poivre. Là, j'en avais pas, mais moi je glisse du lard sous la peau du bréchet. Après, tu fais brunir dans le beurre, avec le foie et les gésiers, tu fais cuire dans le lait, voilà.

— Et la sauce ? Et la sauce ? demandent Ethel et le colonel en même temps.

— Et la sauce, voyons ! s'exaspère Derain.

— Tu écrases les foies avec le jus et la crème fraîche. Pour cette fois, j'ai trouvé de la crème genre Fleurette, ça faisait l'affaire. Tu fais mijoter. Moi, je lisse avec de la Maïzena. Sel, poivre, envoyez.

— C'est bien ce que je disais, dit le colonel en souriant.

— Mais oui, c'est simple ! dit Madalen.

Avisant les verres à moitié vides, il fait apparaître une nouvelle bouteille.

— Pas une mauvaise idée de prendre votre drilling aujourd'hui, ajoute-t-il en remplissant les verres, moi je n'y aurais pas pensé, de toute façon je ne l'ai pas pris, il est resté à la maison. Pour la plume, quand on chasse le gros, il n'y a pas mieux.

— ... le prends souvent en battue, dit Madalen la bouche pleine, savourant le compliment. Sait jamais sur quoi on peut tomber.

Le colonel termine la bouteille, en fait apparaître une troisième pour achever de remplir les derniers verres. Il semble avoir déménagé une partie de sa cave au pied de sa chaise.

— Vous êtes venu avec une caisse ou quoi ? dit

Derain en se penchant sur le côté pour voir combien de flacons restent encore sous la table.

— Vous plaisantez ! C'est offert par la maison, ricane le colonel.

— C'était ici ?

— Bien sûr. Je les ai trouvées à côté.

Ils rient, las de bonne fatigue.

— Et puis notre hôte n'avait qu'à être là ! crie le colonel.

Ernst et Morten les écoutent parler, le visage tiède, un peu gris de vin et de nourriture.

— On dira qu'on ne savait pas, négocie Madalen.

— Bah, tiens ! dit Cranach. Moi, je dirai que c'est toi, comme pour le reste.

— Très drôle, dit Madalen avec une grimace.

Elle a de la crème et des miettes de pain agglomérées aux commissures des lèvres, la mine coloriée et réjouie, comme une enfant qui n'aurait pas appris à avoir honte.

— Un jour, j'ai tiré un pigeon voyageur.

Elle les regarde en face, l'air espiègle, les yeux très noirs et mobiles, avec le ton de celle qui avoue une bêtise.

— Mais c'est fini depuis deux siècles, les pigeons voyageurs, proteste Derain.

— Pas du tout ! Il y en a encore beaucoup. Je ne sais pas s'ils servent à quelque chose, mais il y en a encore plein les pigeonniers, plein.

— Elle a raison, coupe le colonel. À l'armée, nous en avons toujours.

— Sans blague ? fait Derain.

— Mais oui, en cas de guerre, en cas de crise, si les moyens de télécommunication modernes flanchent, ou s'ils sont détruits, nous devons pouvoir continuer à communiquer. Les pigeons, aussi étrange que cela puisse paraître, c'est encore le moyen le plus fiable.

— Vous plaisantez, là ?

— Pas du tout.

— Et comment tu sais que c'était un pigeon voyageur ? demande Cranach.

— Il avait un message à la patte.

Ils se taisent soudain. La flamme sautante de la bougie fait jouer des reflets sur le visage doré de Madalen. Cranach cesse de couper du pain, le colonel repose son verre.

— Je vous jure que c'est vrai, dit Madalen, c'est pas des craques comme celles de l'autre mythomane, ce matin.

— Mythomane, tout de suite…

— Et le message ? demande Derain.

— Bien sûr que je l'ai lu.

Elle lampe le fond de son verre, la garce ! Ils ne formulent pas la question, évidente. Une bûche s'affaisse dans la cheminée. Madalen les regarde, amusée de son pouvoir inattendu.

— Sur le papier, c'était une question.

Ils s'aperçoivent qu'elle regarde fixement devant elle, les yeux anormalement ouverts.

— Elle était écrite à la main, au stylo. Je me souviens… une vilaine écriture, très nerveuse. Comme si la personne qui l'avait écrite n'avait pas eu le temps, ou qu'elle était en danger, ou qu'elle était surveillée, ou que…

Elle hésite, veut retrouver la juste sensation que lui procurait cette écriture.

— … ou qu'elle était folle à lier.

Même Morten a perçu la qualité du silence. Il tranchait un morceau de viande au ras des lèvres avec son couteau, il n'ose plus faire un geste, reste sans bouger, un peu drôle, le couteau en suspension devant la bouche.

— J'ai lu la question, poursuit-elle d'une voix blanche. Elle m'a fait froid dans le dos. Une question toute simple. Cette question, c'était…

Elle se penche lentement en avant, le regard vague, comme possédée.

— *Alors qui ? Qui !?*

Elle les a vus tressaillir, éclate aussitôt de rire, le visage arrondi de plaisir. Ils soupirent, amusés de l'énergie théâtrale qu'elle y a mise.

— C'est ce qu'il y avait écrit ? demande Cranach. Alors qui ? Qui ?

— Oui, c'est ce qu'il y avait sur le message.

— Rien d'autre ?

— Rien d'autre.

— Alors c'était qui ? demande Ethel d'un air innocent.

— Je ne sais pas, dit Madalen.

— La question, ce n'est pas : Qui ? Mais surtout : Qui… qui a fait quoi ? dit Cranach d'un air affecté.

— C'était qui-qui ! ? Qui a fait quoi-quoi ? dit le colonel, amusé de la concentration soudaine de Cranach.

— Whodunit ? s'impatiente Ethel en riant.

Derain se penche tout à coup, le dos plié au-dessus de la table, la bouche arrondie. Un plomb roule et cliquette dans son assiette, au milieu des os minuscules.

— C'était lui ! hurle Madalen en le montrant du doigt.

Derain s'étrangle de rire au milieu des cris.

— On a réussi notre coup, dit-il en toussant.

— Non ! fait Cranach.

Fébrile, il se tourne successivement vers l'un, vers l'autre :

— Vous n'aviez pas prévu ça ? Vous n'aviez pas préparé ?

— Mais non..., dit Madalen, il dit ça pour plaisanter. Après, je m'en suis voulu énormément. Je me suis dit que quelqu'un l'attendait, ce message. Je ne savais pas quoi faire ! Il n'y avait pas d'adresse sur le papier !

— Enfoirés de chasseurs, dit Cranach.

— Du coup, j'ai cherché partout dans la région pour savoir qui détenait un pigeonnier. Je me suis renseignée dans les mairies, j'ai appelé partout dans la région, les offices de tourisme, les vétérinaires... rien. Pour te dire, j'ai même appelé les associations pour les animaux.

— Enfoirés de chasseurs !

— Et alors ?

— Rien.

— Il s'était perdu, dit Ethel.

— Peut-être.

— Un pigeon voyageur ne se perd pas, décrète le colonel.

— N'empêche. Je n'ai pas trouvé à qui il appartenait. Et je vous promets, j'ai cherché pendant des semaines. C'est comme s'il était tombé du ciel.

Derain lui adresse un clin d'œil.

— Tombé du ciel.

— Et encore, heureusement que ce n'était pas une lettre d'amour. Je m'en serais voulu toute ma vie, non mais, vous imaginez, une déclaration ? Je ne sais même pas si je la raconterais, cette histoire.

— Alors j'imagine que... j'imagine que tu l'as mangé, le pigeon, dit tristement Cranach.

Madalen met une main devant sa bouche en papillonnant des yeux, avec un air de midinette :

— Oups ! J'ai mangé le pigeon...

— I'm really shocked, fait Ethel, en pinçant la bouche d'un air suprêmement britannique, les yeux rieurs.

— Moi, je ne l'aurais pas mangé, souffle Cranach, à part soi.

— Attends, toi ! proteste Madalen en le montrant du doigt, t'as fait ami-ami avec un ours ou pas ? T'y étais dans le trou ou pas ?

Il sourit, s'exclame tout à coup :

— C'est vrai que, parfois, j'ai des doutes ! Tu sais, j'ai tellement raconté cette histoire. Des fois, j'y crois, je pense que j'y étais vraiment. D'ailleurs, je ne sais plus, tiens.

12

— T'as une cigarette pour moi ? demande Derain d'une voix qui cherche son timbre.

Madalen lui tend son paquet.

Il l'a rejointe sur le perron, dans la nuit glacée. À peine s'il parvient à distinguer la lisière des arbres. Elle a les cheveux près du cou, serrés dans son écharpe. Derain fouille dans ses poches, se tâte.

— Pas mal, ton histoire.

— Des années que je la répète.

Elle tend la flamme de son briquet. Il se penche en faisant écran avec sa main pour protéger la flamme.

— Je sais.

Elle le regarde en coin, pour le jauger, en souriant.

— Elle est vraie mon affaire, t'es au courant ?

— Mais oui.

— Non, je dis ça parce que c'est la première fois que je la raconte, et ça m'est vraiment arrivé, pas comme à lui. Tu me diras, c'est plus probable que son histoire.

Cette forêt est si épaisse, si loin de tout, Derain a du mal à croire encore à la ville, au feu qui passe au rouge, à la foule du samedi après-midi.

— Qu'est-ce que tu lui as dit, tout à l'heure, dans la cuisine ? Pourquoi il s'est énervé comme ça ?

— C'est à cause de l'élan.

— Parce qu'il est resté debout ?

— Oui, il croyait l'avoir raté.

— Vous vous êtes attrapés là-dessus ?

— Oui.

— Tu lui as cherché des poux ou quoi ?

— Pas du tout, je lui ai dit qu'il l'avait eu du premier coup.

Il réfléchit.

— C'est comme s'il n'était pas mort, tu vois ? Alors dans la cuisine, je lui ai dit qu'il était mort. Tellement mort qu'il en avait plein la bouche.

— Comme son ami l'ours.

Il rit, frotte sur son bras pour en effacer la chair de poule.

C'est peut-être cette fille, la forêt, la ville qu'est pas là, il avoue :

— Les gens ne m'aiment pas en général, la première fois.

— Ah bon ?

Elle a l'air étonnée.

— Et après ?

— Et après non plus.

— Bon, bah, ça va alors.

Elle secoue la tête.

— Hé !

Derain la regarde sans comprendre. Soudain, il sent une fraîcheur lui picorer le visage. Il présente au ciel ses joues réchauffées par le vin.

— On dirait, oui.

— Regarde !

Elle montre du doigt les flocons qui volettent dans l'air.

13

Derain ouvre les yeux : la chambre baigne dans une clarté de lait. La fenêtre est si blanche, si pâle, qu'il peut à peine en soutenir l'éclat. Il ouvre et ferme les yeux sans parvenir à s'en protéger, se retourne, enfouit la tête dans l'édredon. Il frémit à mesure qu'il prend conscience. La chambre est glacée.

Il traverse la pièce en se frottant les bras, rejoint la fenêtre. Il neige toujours ! Le rebord de la fenêtre est recouvert d'un fin bourrelet blanc. Si noire hier encore, la forêt s'est feutrée. On n'en voit déjà plus le sol.

Dans la cuisine, le poêle ronfle doucement. L'ouverture du tirage rougeoie par les interstices de la porte.

— Moi, ce qui m'intéresse, c'est de voir travailler mes chiens, dit le colonel.

Il a mis l'accent tonique sur « travailler », le mot entier. Il est infatigable, semble avoir passé la nuit dans la cuisine. Derain boit son café noir à petites gorgées, marche doucement à travers la pièce, conscient de sa vulnérabilité, le matin. Ses yeux vont dehors, attirés par cette météo qu'ils n'avaient pas prévue. Le thermomètre broché au mur extérieur marque un froid de – 3 °C.

— Qui aurait cru que ça tomberait si vite ? Diable ! Je me suis gelé cette nuit, lance encore le colonel.

La vieille Écossaise se cale le ventre avec une farine de quaker. Elle se nourrit sans faire de bruit. Puis se lève, lave son bol, se tourne vers eux :

— Nous y allons ?

— Mais il neige ! dit le colonel.

Elle se tourne vers Ernst, qui hausse les épaules, fait non de la tête. Elle se tourne vers Madalen.

— Je partirai un peu plus tard, je crois. Les autres ne sont pas levés, j'irai avec eux.

Des chasseurs demi-sel.

— Et vous, René ?

— J'en suis.

Bien sûr qu'il en est. Manquerait plus que ça, pense-t-il.

Il part avec la vieille femme maigre, pliée en deux sous le poids de sa carabine, le visage enfoui sous une capuche ourlée de Wolverine, les mains couvertes de moufles.

Leurs bottes font croustiller la neige.

— Elle est tout de même épaisse de trois doigts, remarque Derain avec étonnement.

Ils marquent jusqu'au sol. Les flocons se déposent sur leurs joues en touches fraîches, fondent au contact de leur peau tiède. Derain a rabattu le capuchon de sa parka, il aime cet air vif.

— Ah ! Il fait bien froid.

Il passe par le coffre de sa voiture, prend une corde roulée qu'il met en bandoulière.

— On pourra remorquer la bête.

— Avec la neige, tous les deux, je ne sais pas si on réussira à attaquer un animal.

L'Écossaise emploie des mots auxquels il ne penserait pas pour dire les choses. Attaquer un animal. Entendre la chose formulée ainsi, la chasse réduite à sa plus simple expression, il lui semble qu'il s'apprête à partir pour la première fois.

— On verra les traces plus facilement, assure Derain. Et puis on y va pour la balade.

Il frappe ses mains gantées en répétant :

— Bien froid.

Une odeur vivifiante monte de la neige. Derain marche avec cette femme qui n'a pas besoin de parler pour lui plaire. Les deux chiens foulent la neige neuve avec entrain, la fourrure poudrée. Il songe aux propos de la veille, se prend à aller entre les arbres avec une sorte d'émerveillement peureux. Il cherche des auteurs dont il a plusieurs fois entendu le nom, dont il est sûr de la notoriété, se plaît à penser : on imprimera Victor Hugo dans cet arbre-là, Émile Zola dans cet autre. Et Maupassant dans celui-ci. Il songe à ces auteurs qu'il n'a pas lus, ou presque, à ces syllabes mystérieuses dont il respecte aveuglément la sonorité. Il lui semble marcher entre des piles fragiles de livres élancées vers le ciel, se surprend à pousser les branches alourdies avec plus de circonspection, comme s'il avait à cœur de ne pas faire s'écrouler sur lui ces étagères de livres.

La descente des flocons se fait plus dense, plus épaisse. L'humidité assombrit l'écorce des troncs, les racines et les souches encore visibles à la surface du sol. Les nuances de vert et de brun disparaissent, laissent place à un paysage à l'eau-forte, simplifié, contrasté de noirs et de blancs.

— Dame ! Il neige, et pas qu'un peu.

Il s'étonne d'avoir utilisé cette expression au charme désuet : dame ! Il ne l'emploie jamais. Voilà que j'ai de l'inspiration à mon tour, songe-t-il, amusé.

Et ce silence !

La forêt s'arrête brutalement, une étendue grise s'étend devant eux : le marais dont parlait Ernst von Sydow. Des plaques de verre flottent déjà à la surface de l'eau noire. Le gel est en train de saisir la nappe d'eau. Le cœur de Derain se serre un peu. L'hiver est bien là tout de même. C'est incroyable, si vite. Sous ses faux-semblants de douceur, il s'installe pour de bon. Il trouvait déjà les journées bien courtes, rognées par les deux bouts, mais de là à penser que ce serait l'hiver.

Ethel lui tend une flasque gainée de cuir. Il prend une lampée de blanche.

— L'hiver est arrivé vite, non ?

L'alcool lui met du sang dans les doigts.

— On vous a prévenue, vous ?

— De quoi ?

— Que ce serait l'hiver. Quand même, ils auraient pu le dire, on se serait mieux habillés.

— Ils ne le savaient peut-être pas.

— Qui ça, ils ?

Elle hausse les épaules :

— Je ne sais pas, comme vous.

La question ne la préoccupe pas davantage. Il commence à comprendre l'étonnement de Madalen dans l'escalier l'autre soir. De qui sont-ils les locataires au juste ? Enfin ! Un séjour de chasse à l'étranger payé d'avance, on devrait être attendu comme c'est l'habitude, accueilli, présenté. Ici, rien, personne, on ne sait pas où sont rangées les choses, obligés de piller les placards.

— J'ai vu qu'il y a des chaussures pour la neige, dit-elle.

— Des raquettes ?

— Ah ? Vous dites raquettes ? Comme pour jouer au tennis ?

Elle est plus intriguée par ce nouveau mot que par l'absence de leur hôte.

— Où avez-vous appris à parler français ? Vous le parlez bien, je trouve.

— Merci René, vous êtes chic.

— On ne dit pas chic.

— Vraiment ?

— Non, on ne le dit pas.

— Dans mon manuel, on le dit.

— Oui, mais dans la vie, non.

Elle a l'air un peu fâchée.

— Alors comment avez-vous appris ?

— J'ai pris des cours du soir.

— Ah oui ? Pourquoi ?

— Ma sœur s'est mariée avec un Français, je voulais pouvoir parler avec mes neveux.

— Ils ne parlent pas anglais ?

— Si, ils sont bilingues.

— Alors ?

— J'ai voulu apprendre quand même, pour les comprendre tout le temps.

— Mais ce ne sont pas vos enfants…

Derain regrette aussitôt d'avoir fait cette remarque, la vieille avait sûrement ses raisons.

— Je veux dire que vous faites les choses carrément.

— Carrément ?

— Vous les faites vraiment, quoi.

— J'adore les enfants. Je n'en ai pas, vous savez.

— Moi non plus, dit Derain.

— Madalen non plus, elle me l'a dit.

Il ne voit pas le rapport.

— Quand je pense que je ne connais même pas mes verbes irréguliers.

— To take, took, taken, dit Ethel.

— Ha-ha ! D'accord ! To take, took, taken.

— To drink, drank, drunk.

— To drink, drank, drunk.

Il regarde tout à coup cette femme comme s'il ne parvenait pas à en deviner la logique interne.

— Vous travaillez dans quoi ? demande-t-il, comme s'il y avait maintenant quelque chose à chercher.

— Vous travaill-i-ez dans quoi ?

— Oui, pardon, l'imparfait, j'oubliais, vous ne travaillez plus.

— J'étais bibliothécaire.

— Vraiment ?

— Oui, dans une bibliothèque assez grande, à W***.

Il se demande bien où ça peut se trouver une ville portant le nom de W***, mais il n'ose pas demander.

— W*** se trouve dans les Midlands.

Bien, W*** se trouve dans les Midlands. Sujet, verbe, complément, dans l'ordre. Il la trouve amusante dans l'application qu'elle met à construire ses phrases. Il a une impression bizarre de propreté, d'équilibre, comme s'il avait à côté de lui le type même de la vieille Britannique. L'étonnement provient de sa ressemblance probable avec le portrait qu'aurait couché un enfant sur le papier, si on lui avait simplement demandé de dessiner une vieille Britannique. Il voit d'ici la bibliothèque, à W***. Ethel, un air de mère supérieure, au milieu des livres pleins de poussière. Il a parfaitement l'image de la théière ventrue, du bec renflé, de l'anse en osier, posée sur le bord du bureau. Et de la tasse noircie par le thé, près de la touchette qui piste les codes-barres. Elle doit avoir la peau des jambes très lisse, très blanche, douce comme celle des femmes restées filles. Il devine ses mollets pâles, doucement veinés de bleu, son cou à peine vieilli.

À ses yeux, elle dégage soudain une telle innocence. Maintenant, la vue du canon qui dépasse dans son dos, dur, vertical, le surprend un peu.

Il se retourne : la neige a déjà recouvert la trace de leurs pas.

La vieille femme marche d'un pas sûr, ouvre la voie, semble connaître le chemin du retour, pratiquer cette forêt depuis toujours.

— René Derain ?

Il la regarde de biais, ne voit pas son visage enfoui dans l'obscurité de la capuche.

— René Derain ?

Il s'étonne de l'entendre prononcer son nom, surgi de la cavité sombre du vêtement. Ils ne sont que tous les deux, une phrase prononcée par elle ne peut l'être que pour lui.

— Oui ?

— Do you believe in God ?

Elle s'est arrêtée, regarde son chien stoppé devant une souche.

— Je ne sais pas.

Elle s'est allongée à plat ventre dans la poudreuse, à côté de sa bête, fouille du regard la bouche noire du tronc évidé. Elle retire un gant, introduit le bras dans la bille creuse. Elle gagne quelques centimètres supplémentaires en déjetant la tête, le sourire aux lèvres. Il la regarde sans comprendre, rester là jusqu'à la fin de ses jours, sous la neige qui n'en finit pas de tomber. Sa tête cogne l'entrée du tronc dans lequel son bras a entièrement disparu. Aux mouvements de son épaule, il devine sa main qui tâtonne à l'intérieur, fouille, curette, cherche à crocheter quelque chose.

— Come on !

Elle le regarde sur le côté en grimaçant un peu, sans cesser de sourire.

— Here we are.

Elle extirpe son bras, brandit une boule de poils gris, chaude, vivante, sur laquelle elle a refermé le poing.

Il la regarde, ahuri, ne parvient pas à faire autre chose que de répéter, pour s'en convaincre : elle vient de capturer un lièvre vivant, elle vient de…

Il regarde le tronc, le lièvre, puis le tronc encore, l'animal, puis l'arbre, se demande halluciné quel auteur est tombé.

Elle a rejeté en arrière le capuchon de sa parka. Elle rit comme une enfant, sa figure rougie de froid, redemande dans la mitraille, les cheveux poudrés de neige :

— Do you believe in God, René Derain ?

Elle lui sourit. Du tranchant de la main, elle donne un coup sec sur la nuque de l'animal. Elle soupèse le lièvre encore palpitant, masse son ventre pour le faire pisser. Derain transpire un peu, frissonne. La fine pellicule de sueur a gelé à même la peau. Il ne sait pas si c'est le froid. Ou la sûreté de ce geste.

14

Derain parcourt du regard le rayonnage de la bibliothèque.

Il va choisir un livre, pourquoi pas ? Lui qui lit si peu. Des ouvrages techniques principalement, des dictionnaires. Des romans, jamais. D'habitude il ne lit pas, il consulte. Il s'intéresse aux choses, il écoute. Mais c'est vrai, il pourrait lire davantage.

Dans son dos, le Danois a recouvert la table d'une sorte de tapis de bridge, démonté et éparpillé son arme.

C'est une minuscule bibliothèque, une trentaine de livres à peine, qui s'est constituée au hasard des lecteurs de passage, de leurs goûts, de ce qu'ils lisaient à l'époque, qu'ils ont laissés pour ne pas s'encombrer, plus certainement oubliés. C'est une bibliothèque de chalet en montagne, de résidence secondaire, de maison de vacances. Personne ne l'a choisie, c'est son charme, une bibliothèque rassurante, anonyme, que personne n'a voulue.

Il jette un œil distrait par-dessus son épaule, s'agace de voir Morten passer l'écouvillon métallique dans le canon de son arme, faire des mouvements rotatifs du poignet comme pour essuyer le fond d'un verre. Derain veut bien parier qu'il n'a pas lâché une seule balle. Et le voilà qui troque sa première brosse pour un écouvillon plus fin, en laine sèche.

Non pas qu'il ait envie d'un livre en particulier, mais dans cette maison, dans cette forêt, près d'une flambée, il en aime brusquement l'idée. Et puis, une trentaine de livres, il n'est pas effarouché. Il se souvient de la légère oppression qu'il a déjà ressentie en pénétrant dans une bibliothèque, entouré de murs de livres, de milliers d'ouvrages étiquetés, cette impression qu'il faudrait choisir radicalement de les lire tous ou de n'en lire aucun. Celle-là existe à peine.

Dans son dos, le Danois projette le faisceau de sa lampe-stylo dans le fût, veut s'assurer qu'il en a bien désencrassé l'âme.

Derain bascule les livres un à un, en dominos, les renverse avec un bruit mat sur le précédent. Il y en a dans toutes les langues. Les coins de certains sont ébouriffés. D'autres, bien qu'épais, paraissent étonnamment légers dans la main. Cela doit tenir au type de papier, estime-t-il. Quelques-uns, à la couverture rigide, semblent vouloir l'impressionner, dire : attention, je suis un livre. Sur d'autres, le titre est gaufré. En tournant la couverture, Derain peut le lire à l'envers, pressé en creux dans l'épaisseur du papier. Quelques fois, il trouve que les couvertures brillent, que les titres tapent, que les couleurs saturent, évoquent l'entrée d'un parc d'attractions, un contrat de lecture rudimentaire, presque outrancier : le plaisir de lire et rien d'autre. Sur un livre, il y a carrément écrit : ÉPOUVANTE. Au contraire, d'autres sont d'apparence très sobre, avec un titre sur fond uni, affichant une confiance absolue dans le signe.

Tout à coup, il a un mouvement de recul. Un point rouge lumineux balaye la tranche des livres. Il se retourne : l'autre maniaque est en train de tester la pile de son infaillible. Sans prendre garde, les yeux penchés sur la batterie, il braque la pièce au petit bonheur, laissant se promener le point écarlate, zébrant les murs et les meubles.

Son cœur bat encore de la peur réflexe que Morten a provoquée, ses yeux retournent au rayonnage de la bibliothèque. Le point est toujours là, s'est simplement immobilisé, semble tenir l'un des livres en respect. Derain le bascule sur la tranche, libère le livre de cette menace inattendue.

Dehors, l'obscurité est faite. Éclairée par l'immédiateté des fenêtres, la nuit s'est mouchetée de blanc. Il y a ce fauteuil à oreilles, ce feu dans la cheminée, cette peau d'ours sous ses pieds, ce livre dans sa main. Qu'importe le flacon, il y a déjà l'ivresse, c'en est presque trop pour être honnête. Le livre pourrait bien raconter n'importe quoi, il pense que le plaisir serait peut-être là quand même. Il le feuillette au hasard. Il n'en a pas encore lu une seule ligne mais s'interrompt déjà, se demande s'il ne devrait pas pousser le vice jusqu'à sucer un verre de Glenn. Morten doit avoir perdu une pièce minuscule car il se lève, fouine partout, descend à quatre pattes. Puis il se relève brusquement, fait deux pas, se baisse encore, jette un œil sous son fauteuil. Il se redresse encore, le regarde bizarrement. Derain devine qu'il n'est pas loin de le soupçonner. Puisqu'il ne la retrouve pas, ça doit être instinctif : on a dû la lui piquer, cette pièce minuscule, qui n'a aucune valeur et dont personne d'autre que lui n'a utilité. Et qui d'autre, puisqu'il était seul avec lui dans cette pièce ? La belle mécanique que voilà.

Mais non, il a l'air de sacrifier la piste criminelle, opte pour celle de l'accident, s'éloigne déjà pour fureter un peu plus loin. Derain voudrait commencer à lire mais ne parvient pas à se concentrer. Il a envie de dire, avec un peu de gravité : tu ne vois pas que tu me déranges, là, bonhomme ?

15

Il sort, le livre sous le bras.

La neige tombe doucement, s'agglomère sans bruit à la couche qui a enseveli le perron. Derain pense que ça doit être sa voiture, là, sous cette chape de neige. Il tape sur la vitre avec son avant-bras replié. Il rencontre une couche de givre qui a durci, gratte de ses doigts en peigne. Il trouve l'entrée de la serrure, force la clef.

La portière cède. Il se glisse dans l'habitacle, saupoudre de neige le tapis de sol, claque la porte. La voiture baigne dans une lumière d'aquarium. Il tourne le contact, démarre.

Il ne bougera pas d'un centimètre, mais au moins il est chez lui. Il est bien assis, il y a du chauffage, et même la radio. Il se réjouit en pensant à ce petit confort de publicité, alors qu'il bat des pieds et des mains pour que le sang circule, qu'il n'y aura que le bruit du vent sur la bande passante. Il allume les phares, actionne les essuie-glaces, enfonce l'allume-cigare, déclenche la soufflerie, s'agite comme un môme. Les balais secouent la neige, la font gicler sur les côtés. Le pare-brise s'éclaircit, fait apparaître la forêt. Les phares creusent deux cônes de lumière jaune dans la nuit, s'enfoncent dans les arbres.

Il allume la liseuse, saisit maladroitement le livre, qui s'ouvre par le milieu, au hasard d'un chapitre.
Par curiosité, il lit le passage sous ses yeux :

— C'est ta balle qui l'a tué.

Elle fait non de la tête, lentement, un refus de l'esprit.

— Je vous jure que je ne l'ai pas fait exprès, je vous le jure.

Elle s'excuse ! Elle se défend avec plus de véhémence qu'elle ne l'a fait tout à l'heure, quand c'était grave.

— Je vous le jure ! le jure !

Elle y met toute son énergie.

Agenouillé, le jeune homme a encore le courage de dire :

— C'est le métier qui rentre.

Il hisse le brocard sur ses épaules, deux pattes de chaque côté. On dirait vaguement un santon de Provence.

Elle répète encore :

— Je ne comprends pas, c'est pas possible ça, non, je...

Derain a entendu un bruit, il lève les yeux vers la forêt : la lumière concentrée des phares la rend plus noire encore. Il sursaute : l'éclat des faisceaux vient d'arracher un visage à la nuit. Il n'a pas réussi à en distinguer les traits, la tête est enfoncée sous une capuche. La silhouette s'immobilise, lève les yeux vers lui : Madalen, souriante, qui tend le pouce à la manière d'une auto-stoppeuse. Décidément, il n'y arrivera pas, c'est écrit. Il la gratifie d'un appel de phares, déverrouille la portière côté passager.

— Qu'est-ce que t'es allée faire dans la forêt ? Tu m'as foutu la trouille ! À chaque fois tu me retournes les sangs. La première fois, quand je suis arrivé, que tout le monde dormait. Maintenant, tu te balades en forêt.

— Et toi ? On se demandait où t'étais passé !

— Et tu comptais me trouver là-bas, dans les bois ?

— Non, je suis allée faire pipi.

— Cette fille ne s'appartient plus, dit-il catastrophé.

— Les canalisations ont gelé.

— C'est pas vrai ?

Il feint la colère, balance le livre sur le tableau de bord, sourit.

— Que fait la police ?

— Le colonel essaye d'appeler l'agence depuis tout à l'heure.

— Et ?

— Ça ne répond pas.

— C'est fermé à cette heure-là.

La neige dresse un mur jaune devant les phares, rend plus chaleureuse encore leur réclusion.

— Bon, je te dépose ?

Il boucle sa ceinture, appuie sa main sur le cuir du volant.

— Et le clignotant, c'est pour les chiens ?

Il jette un œil dans le rétroviseur.

— T'as qu'à me pousser aussi, tant que t'y es ? C'est ça, déboîte.

Elle sourit.

— Attends, tu sais que j'ai la T.S.F. ?

— C'est pas vrai ?

— Et tu sais qu'on peut écouter Londres d'ici ?

Il sort l'autoradio de la boîte à gants, l'encastre, tourne le potentiomètre pour le faire crachoter un peu, feint d'avoir trouvé une fréquence, déforme sa voix d'une main sur la bouche :

— Le gendarme dort d'un œil, je répète : le gendarme dort d'un œil.

Elle rit.

— La poire est blette, la poire est blette.

Il se tourne brusquement vers elle.

— J'ai de la musique, aussi.

— T'en as ?

— Bah tiens ! J'ai tout, moi, ici. Attends ! Le péage. T'as de la monnaie ?

Elle cherche dans ses poches, lui tend un peu de ferraille. Il ouvre la fenêtre en moulinant, balance les pièces dans la neige.

Elle éclate de rire. Il se met à fouiller la bande passante, sans parvenir à accrocher la moindre fréquence.

— Comme si j'avais pas de musique sur ma radio, ce qu'il ne faut pas entendre. Stop ! J'adore celle-là !

Ils se regardent en silence, dans le crachotement des ondes. Il fait mine de tambouriner avec ses ongles sur le tableau de bord, s'aperçoit qu'elle marque la mesure en battant des pieds. Elle lui sourit, insensée, garde les yeux dans les siens. Il aurait envie de glisser sa main sous l'épaisseur de son pull, de rencontrer sa peau, de sentir la chaleur de cette fille qui marchait lentement contre le vent.

— C'est une reprise, je crois que j'ai l'original à la maison.

S'il s'écoutait, il la saisirait dans le creux de ses mains, plongerait doucement le nez dans son jabot, inspirerait à pleins poumons, fermerait les yeux. Au lieu de cela, il croche les doigts dans ses cheveux, dit avec douceur, un peu triste :

— Ta mère ne t'a jamais dit que ce n'était pas très prudent de faire du stop ?

— C'est vrai, on ne sait jamais sur qui on peut tomber.

— Jamais.

16

— On ne va pas se laisser abattre, dit Cranach en attaquant le plat.

— C'est vrai, dit Madalen, il neige alors que ce n'était pas prévu dans la notice, les tuyaux ont pété, le propriétaire est toujours pas là.

— Tu parles qu'il va venir, avec ce temps, dit Derain.

— On n'est pas bien, là ? coupe Cranach. Quand ce sera le moment de vous inquiéter, je vous le dirai.

— Tu me le diras, dis ? minaude Madalen.

— Promis, ma puce.

— Là, c'est pas encore le moment, dis ?

— Pas encore, je te le dirai, poussin.

— Et là ?

— Non plus.

— Et votre recette, à vous ? demande le colonel en se tournant vers Ethel. Il est merveilleux ce civet.

— Merveilleux-ce-civet, répète Derain la bouche pleine.

— Dépouillez et videz le lièvre, coupez-le en morceaux, faites un roux avec un peu de farine et de beurre...

Derain ralentit sa mastication.

— Mettez-y votre lièvre et mouillez-le quand il

est chaud, avec moitié bouillon, moitié vin rouge… ajoutez-y du sel, du poivre… quand le lièvre est à moitié cuit, vous y joignez le foie et les poumons…

Il pose sa fourchette, son couteau, sidéré par son vocabulaire, son air de chanson.

— … petits oignons que vous glacez dans une casserole avec un peu de beurre, un demi-verre de vin blanc, jusqu'à belle couleur blonde.

— Vous en connaissez, des mots, souffle-t-il.

Il attend qu'elle donne sa source, parce que là, il ne faudrait quand même pas pousser.

— Alexandre Dumas, *Le Glossaire gourmand.*

— Ouf ! J'ai eu peur, soupire Derain en recommençant à manger. Je vous ai dit que je ne connaissais même pas mes verbes irréguliers. Déjà que vous parlez aux lièvres, si en plus vous connaissiez des expressions comme « faire un roux » ou « glacer des petits oignons ».

— Mais je les connais.

— Oui, mais par cœur.

— C'est pareil.

— Non.

Il songe à cette souche qu'on a oublié d'emporter, où elle a trouvé le lièvre. Cet arbre tombé, c'était Dumas.

— Alors comme ça, vous parlez aux lièvres ? demande le colonel.

— Elle ne vous a pas raconté ? s'étonne Derain.

Il leur détaille la manière dont elle a cueilli l'animal.

— C'est plus de la chasse à ce niveau-là, dit Cranach, c'est de la pêche au gros.

Plusieurs bouteilles vides parsèment la table. Les regards luisent un peu, ils ont l'impression de se connaître, déjà.

Derain pioche dans le plat un morceau de foie, l'avale comme une gourmandise. Madalen le regarde manger, fourchetter, découper sa viande avec énergie. Cet appétit de chair fraîche, ce goût simple pour les abats, la graisse, la peau, la moelle, tout ce que répugnent à avaler les petits mangeurs. Cet homme lui donne l'impression d'une force rudimentaire. Il pourrait nouer une petite serviette blanche ridicule autour du cou, comme un ogre de Grimm, une claque viendrait de sonner sur la croupe de la matrone, les rires de gorge feraient trembler la table.

— Je ne sais pas si l'écossais est fait pour parler aux lièvres, dit Ethel, mais Charles Quint dit que l'anglais est fait pour parler aux oiseaux.

Sur le pourtour du visage de Derain, les poils hirsutes se garnissent de miettes. Il souffle un peu, détache une fibre entre ses molaires. Madalen croise son regard, se trouble tout à coup. Il sait qu'elle le regarde, elle l'a vu dans ses yeux. Elle l'observe manger depuis tout à l'heure, il faisait semblant de l'ignorer, mais maintenant, elle sait. Alors pourquoi s'efforce-t-il encore de manger comme un ours mal pris ? Il n'est pas beau, mais. Il est fort tout de même. Il aime ça, qu'on le regarde manger ? T'es beau, va. Comme si la conscience qu'il a de sa propre force lui donnait un peu de la beauté qu'il n'a pas.

— Und Deutsch ? intervient Ernst.

— Mit den Pferden.

Elle répète :

— L'allemand est fait pour parler aux chevaux.

— Et le français ? demande Cranach.

— Le français aux amis.

— Pas aux femmes ?

Elle s'empourpre.

— Non, c'est l'italien.

C'est une protestation générale, un tollé bruyant.

— Et l'espagnol à Dieu, conclut-elle avec émotion.

— Et le danois ? soulève le colonel.

Morten a levé les yeux.

— Le danois, je ne sais pas, Charles Quint n'a rien dit.

Elle ajoute, amusée :

— Je lui demanderai.

Ernst a pris son poignet, veut qu'elle traduise ce qu'il va dire.

— Das Sexualverhalten ändert sich, wenn man die Sprache wechselt.

— On change sa sexualité quand on change de langue.

Elle rougit des mots qu'il lui fait dire.

— Die deutsche Sprache scheint nicht sehr geeignet um Frauen zu betören.

Elle répète, avec un léger décalage, troublée d'être prise en otage :

— Il paraît que l'allemand n'est pas fait pour parler aux femmes.

Il l'attend avant de commencer une nouvelle phrase.

— Es heisst, das liegt an der Stellung des Verbs : Deutsch ist weniger erotisch, weil das Verb immer erst zum Schluss kommt und dann sehr müde ist.

— On dit que c'est à cause de la place du verbe : l'allemand est moins érotique parce que le verbe vient à la fin et qu'il est très fatigué.

— Ja, das deutsche Verb lässt lange auf sich warten, während man auf das französische oder italienische nie warten muss.

Le débit de la voix d'Ethel s'est un peu accéléré :

— Il faut l'attendre, le verbe allemand, alors que le verbe français ou italien, on ne l'attend jamais.

— Das kommt, weil die Italiener und Franzosen zu schnell kommen.

Elle conclut d'une voix étouffée, rouge comme une tomate, alors que Ernst a déjà éclaté de rire :

— Mais c'est parce que le Français et l'Italien jouissent trop vite.

Derain et Cranach rient à leur tour, pour montrer qu'ils ont de quoi. Le colonel balaye du tranchant de la main les miettes de pain sur la table.

— Et pour les serpents ? demande-t-il.

— Les serpents ?

— Quelle langue faut-il leur parler ?

Un filet de fumée monte de sa main, sous la table.

— Il se trouve que j'ai eu affaire à un serpent en Afrique, que j'ai passé avec lui un long moment, de ceux que je ne suis pas près d'oublier.

— C'est pas vrai..., dit Derain avec envie, vous avez tous des histoires pas croyables à raconter. Je n'en ai pas, moi ! J'ai l'impression d'être le petit nouveau.

— Vous ne savez pas, peut-être que ce séjour va vous laisser quelques souvenirs, dit Ethel avec malice.

— Vraiment, vous croyez ?

— Mais oui, on ne sait jamais.

— J'aurai au moins celui de vous avoir rencontrés.

— Charmeur ! dit Madalen.

— Pardon, je vous ai coupé la parole, dit Derain à l'intention du colonel.

— Je crains que certains souvenirs ne laissent un mauvais goût dans la bouche, même après des années. C'était au R***. Je dormais fenêtre ouverte, il faisait une chaleur à crever. Dans la nuit, il y a eu un roulement de tonnerre, je me suis réveillé. La pluie s'est mise à tomber, des trombes d'eau, quelque chose d'assourdissant. Je me souviens que la terre n'arrivait même plus à absorber l'eau.

D'un doigt, il redresse ses épaisses lunettes.

— J'ai essayé de me rendormir, parce que la chaleur était un peu retombée avec l'orage, c'était l'occasion ou jamais pour essayer de passer une nuit un peu normale. Je crains davantage la chaleur que le bruit. Puis il y a eu un coup de tonnerre encore plus violent que les autres, ça m'a réveillé une deuxième fois. Les éclairs illuminaient la pièce comme un flash d'appareil photo, ça devait péter juste au-dessus de moi. J'étais encore à moitié endormi quand j'ai entendu un frottement sur le plancher. Je me suis dressé dans mon lit pour regarder, je n'ai rien vu. J'étais sur le point de me rendormir quand j'ai senti un frôlement, quelque chose de glacé contre moi, un peu visqueux. J'ai compris tout de suite.

Ils ne peuvent s'empêcher de faire d'avance une tête répugnée.

— … un reptile dans mon lit. Il s'était glissé sous les draps. J'ai senti qu'il rampait sur mon corps, comme pour passer un obstacle. Il y avait un léger renflement à la surface. Il me passait dessus, sur le ventre ! J'ai jamais été si immobile de ma vie, je crois. Je savais que je ne devais pas bouger, pas crier, rien. De toute façon, on ne m'aurait pas entendu, avec la pluie.

— …

— Le serpent s'est ramassé sur mon ventre, puis il a cessé de bouger.

Derain s'aperçoit que la ligne des épaules du colonel s'est affaissée. Il fait plus vieux que son âge. Ses traits se sont creusés, comme si le souvenir même de cette nuit suffisait à l'épuiser.

— Il restait là. Je sentais son poids sur moi, il ne bougeait plus. Après un long moment, j'ai pensé : il s'est endormi.

— Oh, God !

— J'ai pris un coin du drap et j'ai commencé à le soulever, doucement. Dans l'obscurité, j'ai vu une forme sombre sur mon ventre. Il était parfaitement immobile. Il y a eu un éclair. Une lumière blanche a illuminé la pièce et là, je l'ai vu pour de bon. Il était fin, assez long, d'un vert un peu acide. Parfaitement répugnant ! Il s'était mis en boule sur lui-même, roulé comme une corde. Je ne savais pas quoi faire. Combien de temps allait-il rester là ? J'osais à peine respirer.

— Il était bien au chaud, l'enfoiré, dit Cranach. Au fait, cette fois c'est pas des menteries, c'est pour de vrai ? Pas comme l'histoire de Madalen hier, je veux dire.

Le colonel fait mine de ne pas avoir entendu. Derain lui trouve un air grave, sincère, comme s'il n'avait pas la force de supporter des railleries autour de cette histoire.

— J'ai avancé la main vers lui. J'avais l'idée que je pouvais peut-être l'attraper par l'une des spires et le jeter brutalement. Ma main s'est approchée tout près de lui. J'étais sur le point de le cueillir. J'ai hésité... Il pesait quand même lourd sur mon ventre. J'ai senti qu'il aurait le temps de se réveiller avant, dans le mouvement, avant que je puisse le jeter. Son premier réflexe serait de me mordre. Alors j'ai reposé ma main sur le matelas. Je ne sais pas combien de temps a passé, et finalement, je me suis résigné. J'allais attendre. Mais je savais que je ne tiendrais pas longtemps comme ça, tendu comme je l'étais, alors je vais vous dire ce que j'ai décidé, ce qui m'a sûrement sauvé la vie cette nuit-là. J'ai décidé de faire comme machin avec son ours, Mère Courage avec son enfant, j'ai décidé de l'aimer.

— De l'aimer ?

— De l'aimer. Il était là, sur moi, endormi. J'ai pensé : t'as trouvé un endroit tiède, tranquille, t'es à l'abri de la pluie, t'es bien. Dors mon petit, dors. Je me suis mis à respirer plus normalement. Je le voyais qui montait et qui descendait sur mon ventre, quand je respirais. Et puis j'ai même arrêté de le regarder. Je me suis détendu. J'ai commencé à penser à lui comme à une partie de moi.

— Et alors, qu'est-ce qui s'est passé ? demande Ethel.

— Le serpent est parti.

— C'est tout ?

— C'est tout. À un moment donné, je l'ai senti qui bougeait. Il s'est tortillé, il a glissé sur le drap, il s'est laissé tomber par terre, il a disparu.

— Il avait dû entrer par la fenêtre.

— Je n'en sais rien, probablement. Vous savez, ce ne sont pas les trous de souris qui manquent.

— Et c'est tout ?

— C'est tout.

Le colonel a ôté ses lunettes, le regard sans force. Derain sait qu'il ne dit pas tout. Il entend le silence dans sa voix. Ce qu'il faisait au R***, pourquoi il était là-bas.

— Liebe und Hass liegen dicht beieinander, dit Ernst. Der Jäger liebt das Wild, das er tötet.

Ethel cherche les mots justes :

— Il dit que la haine est tout près de l'amour, que le chasseur aime le gibier qu'il va tuer.

Le vieil Allemand hoche la tête, l'air convaincu.

— Ce n'est pas faux, dit Derain après un instant.

Voyant qu'on se tourne vers lui, qu'il en a trop dit ou pas assez :

— Quand tu chasses un animal, si ça t'est arrivé de chasser toute seule, je suis sûr que t'as déjà ressenti ça. Au bout d'un moment, tu commences à penser comme lui, tu marches comme lui. En hiver, quand je vois un rayon de soleil sur la forêt, je pense automatiquement : si j'étais... je ne sais pas, moi... un cerf, un chevreuil, un cochon... j'irais profiter du soleil.

Il sent que les mots viennent, poussés par l'alcool.

— D'ailleurs, vous avez remarqué comme on a parfois l'instinct du gibier. Avant même de rentrer dans l'enceinte, on *sait* qu'il est là. Pour bien chasser l'animal, il faut devenir l'animal. Et pour ça, il faut l'aimer. T'as pas le choix.

Le chien de Derain donne un léger coup de tête contre son bras baissé, pose sa tête chaude sur sa cuisse.

— Si toi aussi tu fais l'intéressant..., dit Madalen en lui souriant gentiment.

— Non, non, c'est vrai, dit Derain en manière d'excuse. C'est parfaitement logique d'aimer l'ours qu'on est en train de chasser, ou le serpent qu'on voudrait balancer contre le mur.

— C'est vrai, dit Cranach, je n'osais pas vous l'avouer, mais je crois bien qu'il y avait un petit quelque chose entre l'ours et moi. Dans d'autres circonstances, je crois bien que....

— Gare au gorilllle ! crie Madalen.

Ils rient, soulagés de cette tension qu'il y avait

dans l'air depuis quelques instants, depuis cette histoire de serpent.

— En l'occurrence, je vous rappelle que Cranach et moi n'étions pas des prédateurs, nous étions devenus des proies, de vulgaires proies, rectifie le colonel.

— Vous voyez ! Vous aussi vous vous y mettez ! crie Cranach en le montrant du doigt.

Le colonel sourit de sa méprise.

— Je-n'ai-ja-mais-é-té-a-vec-cet-ours ! martèle Cranach. Demain, je demande un démenti officiel dans la presse. Je n'ai jamais eu d'histoire avec un ours ! Ni sentimentale, ni amicale, ni rien !

— Mes fesses sur la commode, dit Madalen en montrant un œil.

— Der Oberst hat recht, aber ich glaube, dass man sogar noch weiter gehen kann : auch das Beutetier liebt seinen Jäger !

— Il dit que le colonel a raison, traduit Ethel, mais il dit que la proie aussi aime son prédateur.

— Aaah... c'est pour ça..., dit Cranach en repensant à son histoire, ce truc vicelard qu'il avait... dans le regard...

Ils sourient encore, presque lassés à présent par ce couplet de Cranach. Le colonel, lui, hoche vivement la tête, ravi d'être en si bonne intelligence avec Ernst.

— C'est de la pure survie, renchérit-il. Beaucoup de gens ne comprennent pas qu'on puisse aimer son tortionnaire, que l'otage puisse tomber amoureux de son ravisseur, mais c'est de la survie, purement et simplement. Dans ces moments-là, c'est l'instinct qui parle. Je vais vous dire...

Il réfléchit un instant :

— Si je n'avais pas aimé le serpent, il m'aurait mordu. Il n'y a rien dont je sois plus sûr.

Derain sent que le colonel est gêné par cette pensée nouvelle, plus douloureuse. Il devine qu'il n'y a rien non plus qui ne lui paraisse plus difficile à accepter. Qu'il ait pu avoir un sentiment affectueux pour cette chose.

17

Derain descend le premier dans la cuisine, réveillé à nouveau par la température glaciale de la chambre.

Il prend seul son café dans la maison endormie. Le jour se lève, jette dans la pièce une lumière louche. Le givre a dessiné des fougères sur les carreaux. Il doit être déjà tard.

Quand il fait le geste d'ouvrir la porte, il sent son sang refluer vers le cœur : il fait terriblement froid.

La neige a cessé de tomber, s'étend à perte de vue. On ne sait même plus distinguer le départ du chemin de terre au milieu de toute cette blancheur qui blesse les yeux. Plus de break, d'utilitaires ni de 4 x 4, que de vagues formes bossuées devant le bâtiment. Du bel ouvrage : il enfonce jusqu'à mi-cuisse.

Il trouve une paire de raquettes. L'armature en frêne a la forme d'une goutte étirée, arrondie devant, pointue derrière. Il les voyait plus larges, imaginait une plus grande surface de portance. J'irai partout avec ça, admet-il. Il lace les raquettes à ses bottes fourrées, fait quelques pas et se retourne : le treillis en babiche laisse derrière lui l'empreinte d'un damier.

Une selle neigeuse permet déjà de franchir le saut du fossé.

Il ne reconnaît pas la forêt. Les branches qui accrochent sa parka se tendent, se brisent avec un bruit sourd, pulvérisent dans l'air une poussière de glace. Il lui semble qu'il n'y a guère que son cœur à battre dans cette immensité glacée, son sang à circuler encore.

Chaque son lui parvient avec netteté : le halètement du chien, son propre souffle, l'écrasement feutré de la neige.

Au début, il commet l'erreur de vouloir trop écarter les jambes. Il sourit à l'idée qu'on puisse le voir aller ainsi, marchant comme s'il avait les suites enflées. Il convient que les deux raquettes peuvent se chevaucher sans mal. Il pose le pied à plat, distribue le poids de son corps sur toute la surface du tamis. La neige tassée ne lui monte plus qu'au genou. Avant de libérer son pied, il tire un peu en arrière pour libérer l'avant de la raquette, éviter de cogner la neige dans le mouvement de jetée en avant. Il présente la raquette verticalement, a l'air d'un géant dont on verrait les semelles à chaque enjambée.

Il marque un arrêt. Là, dans la neige fraîche : des empreintes. Une biche ? Non. Les gardes marquent bien, les pinces sont plus écartées. Ici, la taille du pied est plus franche, la trace plus profonde. Son cœur se met à battre lourdement. Un cerf. Il rit intérieurement, repense à ce qu'il a dit la veille, pendant le repas. Va pour le cervidé ! Va pour l'aimer ! Où irait-il, à sa place ? Au gagnage. Il se sentirait à la merci de tous les prédateurs, tellement visible. Il serait terrorisé par toute cette neige, à en avoir mal à la tête.

18

Derain va depuis une heure, tendu vers sa proie. Il s'écarte de la piste, fait de larges détours pour ne pas être entendu d'elle, étouffe ses pas dans la neige sourde. Il pousse devant lui son haleine tiède, la barbe saupoudrée de givre.

Les traces s'arrêtent. Il a atteint le marais qu'ils avaient rejoint la veille. Le plan d'eau a complètement gelé. Épaissie par l'embâcle, sa surface s'est complètement vitrifiée. Des brins de roseaux jaillissent encore de la glace, raides, cassants comme du verre. Il en blêmit d'inquiétude : comment l'hiver a-t-il pu s'emparer du marais si radicalement, si vite ?

Soudain, il le voit : l'animal est là, qui avance doucement sur la surface lisse. C'est un vieux cerf, au cou épais, déporté vers l'avant. L'animal est noir, le ventre beige. Il paraît tellement sombre sur cette étendue pâle. Derain compte, recompte : il n'a jamais pris un animal aussi lourdement coiffé.

Son chien n'a pas attendu un signe de sa part pour se tenir immobile, il sait.

Derain prend appui contre un arbre, lève doucement son arme, porte l'œil à la visée. La croix du réticule monte le long du gigot, balaye le ventre, cherche le cou. Il veut placer une balle de cœur, le foudroyer. Il ne souffrira pas, la viande n'en sera pas abîmée. Et mon Dieu, quel trophée !

Il le tient dans le viseur, vit cet instant magique qu'il connaît si bien. La bête à sa merci, vivante et morte. Il effleure la queue de détente, va pour appuyer.

Trop tard.

Dans le rond trouble de la lunette, les lignes se brisent. Le grand animal noir bondit d'effroi. Derain entend un grêlement de sabots, un craquement sinistre. La glace a cédé ! L'animal cherche prise, dérape sur les pans de glace qui basculent, éclatent dans un bruit de verre pilé. Il l'a encore en joue, il pourrait tirer ! À quoi bon ? Il a dans la visée les mouvements désajustés de l'animal qui rugit, se débat dans l'eau noire qu'il soulève autour de lui, la glace qu'il pulvérise de ses sabots. Désemparé, Derain croit au spectacle auguste et effrayant d'un bat-l'eau sans chiens. Le cerf semble se débattre contre cent fauves invisibles, donne des coups de tête pour se débarrasser des cinquante livres de chair accrochées à sa gorge, secoue une lice invisible qui est en train de l'étrangler, rue contre les chiens qui le jambonnent, le mordent, s'emploient à le dévorer vivant. Derain a l'idée insensée et désespérée de vouloir l'aider, il ne sait comment. L'eau lui vole sa proie. Il descend et remonte frénétiquement sa carabine, croise dans son optique l'œil bombé de l'animal. Il tremble d'effroi. La sueur sèche le long de son dos, le glace. Lui qui allait l'abattre, il voudrait le sauver. Si la bête devait rejoindre la terre ferme, il sait qu'il désépaulerait.

Encerclé par les glaces, avalé par le marais, l'animal jette des bramements sordides, répétés par l'écho. Engourdi, épuisé, il ouvre et referme la gueule en silence.

Le gel le prend, il n'en peut plus.

L'eau le tire.

De ses yeux doux, déjà voilés, il semble encore regarder la rive.

Il sombre.

Derain le voit qui descend, qui se noie.

L'eau se referme sur ses bois.

Puis le silence revient sur le plan d'eau gelé.

Tout est allé si vite. Derain ne peut s'empêcher de regarder avec hébétude le marais désert.

À une poignée de mètres, dans la glace : un trou de respiration par lequel monte une vapeur.

19

Derain frappe ses bottes avec bruit dans l'entrée pour en faire tomber la neige. Il ôte sa parka, ne sent plus ses doigts. Madalen le regarde, émerveillée :

— Tu fumes !

Une fine vapeur monte de ses épaules. Il retire un premier chandail : des plaques de givre tombent en s'effritant. Une fine couche de glace s'est formée entre les épaisseurs de laine. L'humidité de son corps s'est condensée au contact du froid, a gelé dans le canevas des mailles.

Il marche à petits pas en faisant la grimace. Libéré des raquettes, il a la sensation qu'on lui a attrapé l'arrière du pied au-dessus du talon, qu'on tente de lui arracher le tendon. Il avance jusqu'à la cheminée en traînant un dogue à chaque pied, la mâchoire verrouillée à la cheville.

L'immense cheminée jette une chaleur réconfortante dans la pièce. Il ouvre et referme ses mains devant la flamme claire, plisse les yeux, ébloui. Un seau galvanisé pend dans un coin d'ombre, suspendu à un crochet, en retrait du foyer. Madalen y jette des poignées de neige fraîche qui tintent en tombant dans le seau, se mettent aussitôt à grésiller.

— Je t'ai dit, hein, que les canalisations avaient gelé ?

Il n'a pas la force de répondre. Oui, elle le lui a dit.

Elle le regarde traverser la pièce à pas lents.

— On dirait un petit vieux !

Il se laisse moquer, se demande tout à coup s'il aura l'énergie de leur raconter ce qui lui est arrivé aujourd'hui. Bizarrement, il n'est plus sûr d'en avoir envie, lui qui, hier encore, réclamait quelques biscuits, quelques anecdotes de chasse bien senties pour les fins de repas. Ils ne comprendraient pas. Enfin si, peut-être, en fait il n'en sait rien. C'est lui qui ne saurait peut-être pas raconter. Et puis, cela doit être épuisant de revivre une deuxième fois ce qu'on a vécu une première, de choisir les mots et les images. Il passe devant l'escalier, gagne la cuisine, tourne machinalement le robinet. La conduite se met à vibrer doucement. Il le referme et les borborygmes cessent. Il n'a jamais fait aussi froid dans la cuisine, il va bientôt falloir se déplacer en manteau. Il y voit mal, plisse encore les yeux : sous la table, le volet de la trappe semble rabattu. Il s'approche, attiré par le trou dans le carrelage. Il y a un homme là-dessous, mais plus rien ne l'étonne. La tête du colonel jaillit de la trappe, mâchurée de suie :

— Bordel de m…

Sur la banquise du carrelage, on dirait la tête ronde d'un phoque moustachu sur laquelle il faudrait vite donner un coup de trique.

Il serre la tige d'une clef, l'air désespéré :

— Je ne peux pas desserrer la bride, l'écrou a fondu.

Il prend une profonde inspiration, disparaît à nouveau dans le trou.

Madalen a suivi Derain jusque dans la cuisine, chuchote à son oreille :

— Je voudrais le colonel moutarde...

Derain la regarde de côté, s'aperçoit qu'elle sourit :

— ... dans la cuisine, avec la clef anglaise.

20

— Le rebut est gelé.

Le colonel tire une carte au talon.

Demain matin, ils appelleront la ville. Avec un froid pareil, les canalisations hors d'usage, ils ne peuvent pas rester ici. De toute façon, ils ne sont pas équipés pour chasser par un tel climat. Il faudra qu'on vienne les chercher.

— Et on va m'entendre, a promis le colonel.

Cranach abat un petit pique sur le roi, s'attribue la levée. Il se penche vers Derain, la main autour de son oreille :

— Je vais tenter l'impasse à la dame, on ne sait jamais, hein, si elle est sèche ?

Derain fait oui de la tête, il ne comprend rien à ce jeu dont Madalen vient de lui expliquer les règles une deuxième fois. Il ne sait pas comment Morten, qui n'entend pas un mot de français, a réussi à l'intégrer dès le deuxième tour.

Sud joue cœur, Ouest joue la dame, Nord suit du valet. Ethel Brakefield prévient :

— Il y a un roi mal placé.

Cranach ricane, rafle encore le pli en narguant la tablée :

— Comptez pas sur moi pour dégeler le rebut, ah-ah !

Derain pose un petit trèfle, mais le colonel repousse la carte :

— Tt-tt.

Derain la remet dans son jeu sans comprendre.

— Vous ne pouvez pas rejouer l'entame.

Il écarquille les yeux sur ses cartes, peine à lire son jeu. C'est à lui de jouer. Il avance timidement un pique.

— Jetzt aber, also wirklich…

Ernst von Sydow rouspète, fait non d'un air catégorique.

Ethel Brakefield hoche la tête, en colère elle aussi :

— Vous n'allez pas surcouper maintenant ! Il fallait le faire tout à l'heure !

Il fronce les sourcils, rapproche les cartes de son nez.

— Excusez-moi.

Il ressent un fourmillement sous les paupières, une chaleur qui l'aveugle.

Il dépose le roi de pique. La vieille femme le pointe du doigt, hurle :

— C'est lui qui avait le roi !

— Pourquoi tu ne l'as pas mis tout à l'heure ? demande Madalen.

— Ça ne sert à rien de continuer, dit Cranach en abattant son jeu.

Le colonel écarte sa chaise de dépit. Derain regarde battre les cartes, les yeux papillonnants. On va pour le servir, il fait un geste de la main pour refuser.

— Vous ne devriez pas sortir sans lunettes de

soleil, dit le colonel, c'est l'ophtalmie qui vous guette.

— Je n'en ai pas, je ne pouvais pas prévoir, se défend-il en fermant les yeux, le visage contracté. Vous en avez, vous, des lunettes ?

— Non.

— Et vous n'avez pas mal aux yeux ?

— Non, ça va, mais ça dépend des gens, vous devez avoir les yeux sensibles.

— Pas spécialement.

— Vous êtes resté longtemps dehors, aujourd'hui. Toute cette neige, une saloperie pour les yeux. C'est l'ophtalmie des neiges, sûr. Moi, je dis ça, vous savez... C'est pas pour vous inquiéter. De toute façon, ça finit par passer.

— Et c'est quoi, votre affaire ?

— C'est une brûlure de la cornée.

— Vous rigolez ?

— Non. Mais ça passe. Parfois c'est plus grave.

— C'est-à-dire ?

— Cécité des neiges. C'est souvent temporaire, mais plus handicapant quand même.

Il rit.

— Mais ça va aller, René ! Vous n'en êtes pas là. Allez, quoi !

Derain se lève, rejoint la fenêtre, les yeux mi-clos. Il a l'impression d'avoir du sable sous la face interne des paupières. Il regarde la végétation noire dans laquelle ils sont pris. La lune s'est levée au-dessus de la ligne des sapins. La nuit l'apaise, le distrait de sa peine, éveille en lui un sentiment curieux. Est-ce l'alcool en carafon, le cuir brun, le mobilier vieux chêne, le feu qui crépite dans la cheminée ? Ce climat anglais où l'on s'assassine en grignotant des scones et en buvant du thé ? Il lui semble que chaque chose est bien à sa place, que chaque personne autour de cette table est un peu trop racée pour être honnête. S'appelle-t-on Ethel Brakefield dans la vie ? Ou Ernst von Sydow ? Ou même Lucas Cranach ?

L'Allemand se lève de table, vient tapoter la vitre du baromètre près de lui.

— Sturm.

Derrière, Derain entend Madalen se plaindre qu'elle a froid.

Ils recommencent une partie, mélangent les cartes à nouveau.

— Rapprochez-vous de l'âtre, propose Cranach.

— Prenez ma gabardine, dit le colonel.

Il ne sait pas ce qui le perturbe tout à coup, pourquoi il doit se tourner vers la table. Ce n'est pas son trouble de la vision qui l'émeut, non. Ce qu'il vient d'entendre. Ce qu'ils ont dit, le choix des mots : rapprochez-vous de l'âtre, prenez ma gabardine. Cranach n'a pas dit cheminée. Le colonel n'a pas dit manteau.

21

Voilà que le pêne bat doucement dans son logement, que la serrure siffle. Dehors, le vent s'est levé, fait pleurer le toit. Il cogne contre la porte, les fenêtres. Le battement s'agace, il veut entrer. Il souffle de la neige sous la porte, trouve l'ouverture de la cheminée, descend dans le conduit, rabat les flammes, les écrase, les tourmente au point qu'elles vont s'éteindre. Du talon, le colonel repousse dans le foyer la bûche qui vient de rouler. Le vent écartèle la fenêtre, effare les bougies. Dans la cheminée, les bûches s'embrasent brutalement. Cranach se rue sur les battants, recule un pied pour faire poids, mitraillé de grésil. Le courant d'air glacé terrorise la pièce, tourne, cherche où s'échapper. La maison se plaint, gémit, l'escalier tremble comme sous le poids d'un homme. Le vent s'est mis à hurler, ils doivent presque crier pour s'entendre. Une porte claque à l'étage, les solives craquent, il semble qu'on marche. Ils ne voient rien au travers des fenêtres aveuglées de nuit, n'entendent plus que le hurlement de la tempête, le battement entêtant de la porte, le tremblement des vitres. Les voilà qui plantent des tasseaux de douze dans les boiseries, la bouche hérissée de clous, comme pour résister à un assaut de cadavres.

22

Dans la nuit, Derain entend cogner à sa porte.

— René ?

C'est la voix du colonel, par-dessus le vent qui continue de hurler.

— René ? Je peux entrer ?

Le colonel pousse la porte. Il a une main fermée sur une chandelle, l'autre arrondie autour de la flamme. Il est couvert de plusieurs pulls, d'un bonnet, d'une écharpe enroulée plusieurs fois autour du cou. Derain se demande machinalement combien de vêtements il a sur lui. En comptant leurs cols superposés il pourrait peut-être deviner le nombre de strates.

— On déménage, ce n'est plus tenable ici, fait beaucoup trop froid.

La tête sortie de son édredon avec précaution, Derain le regarde avec des yeux étonnés. Il ne comprend pas.

— Où est-ce que vous allez ?

En disant ces mots, il s'aperçoit que de la buée sort de sa bouche.

— On ne prend que les matelas, on va les installer dans la grande pièce, près du feu.

— Tout le monde descend ?

— Je ne sais pas, seulement ceux qui veulent.

Derain entend des éclats de voix joyeux dans le couloir. Pour un peu, on se croirait en colonie de vacances, réveillé en pleine nuit pour aller chasser le dahu. Il voit passer Ethel et Madalen derrière le colonel, entend un matelas dégringoler dans l'escalier.

— Je viens.

À peine est-il sorti du lit qu'il trépigne de froid. Il glisse ses mains sous les aisselles pour les protéger, enfile rapidement sur lui tous les vêtements qu'il peut trouver.

— C'est pas vrai... pas vrai..., répète-t-il en claquant des dents.

Il souffle sur ses doigts rougis. Pas une nuit de plus dans cette baraque. Il jette l'édredon sur ses épaules, arrache le matelas, le glisse en travers de la porte, le traîne le long du couloir, tête baissée, le balance dans l'escalier. Dans la grande pièce, c'est un joyeux débraillé d'oreillers et de couvertures. Les matelas sont posés pêle-mêle entre les meubles. Ethel et Madalen s'emploient à déplacer la table, le colonel pousse du genou le canapé.

— On va disposer les matelas en étoile autour du foyer, décide-t-il.

Cranach jette dans le feu une poignée de livres prélevés dans la bibliothèque pour le faire repartir.

— Mes livres préférés, en plus, plaisante-t-il.

— That's a shame, proteste mollement Ethel.

Derrière eux, Morten apparaît à moitié endormi. Avec sa gueule d'ange et ses vêtements rayés, il a l'air d'un enfant que le bruit aurait réveillé. Il lève le pouce par-dessus son épaule :

— Ernst ?

— Il a dit qu'il pouvait rester là-haut, dit le colonel en lui faisant signe que tout va bien.

Morten hausse les épaules, tire son matelas dans la pièce. Madalen n'y tient plus. Le voyant si fragile, les yeux ensommeillés, elle lui donne un coup d'oreiller.

— Nåh ! Nu skal fu få…

Il riposte d'un coup d'édredon, elle se défend en poussant des cris de joie. Il la maintient en respect un bras en l'air, le temps d'installer son lit, un oreiller prêt à s'abattre.

Ils se couchent les pieds tendus vers les braises, serrés les uns contre les autres.

Ils se taisent rapidement, avec un sentiment de sécurité.

Dehors, les arbres jettent des cris de vieilles poulies. Les ombres se tordent. Le vent continue de frapper les fenêtres.

Dans le noir, le front de Derain se froisse. Ses doigts se crispent le long de sa cuisse.

Tout de même.

23

Au matin, la grande pièce est traversée par une lumière sans ombre. Derain se dresse sur un coude. Une congère s'est levée devant la fenêtre. Il regarde autour de lui, les autres dorment encore. Sorti des couvertures, il doit se frotter les bras, se bouchonner pour faire circuler le sang. Une cendre blanche a recouvert les braises. Le petit foyer ruiné ne donne plus. Il sent que le froid descend entre les solives du plafond, monte entre les planches du parquet. Il tisonne les braises, charge le feu. La flamme s'élève, l'éblouit. Il s'écarte, se fraye un passage entre les matelas, sort malgré lui du cercle tiède : le froid est là, immédiat. Au fond de la pièce, c'est l'hiver. Le feu dessine un trait de compas invisible. Au-delà, son royaume commence, ici même, entre les murs.

Derain s'habille rapidement, pousse de toutes ses forces la porte d'entrée : elle ne vient pas. Il se jette par bonds, écrase contre le bois sa lourde masse. Au bout de quelques minutes, il parvient à peine à se glisser dans l'entrebâillement. Il rentre son ventre, joue des coudes. Le froid est saisissant. Il doit faire quelques pas, prendre du recul pour évaluer les dégâts. La congère qui s'est constituée sur le toit a partout rejoint le sol. La maison est ensevelie sous la neige qui monte le long des murs, écrase le toit. Au rez-de-chaussée, elle mure les portes, les fenêtres. Le bois est noir, humide, rayé de stries verticales. Les moindres interstices entre les planches sont bouchés de givre.

Il contourne la maison, baisse son pantalon, s'accroupit pour déféquer à même la neige. À peine découverts, les muscles se contractent violemment, se tétanisent de froid. Il se retourne précipitamment : l'étron ne fume pas, marbré de reflets translucides. Le froid l'a pris, lui a donné, à peine sorti des intestins, la dureté de la glace.

Il se rhabille, inspecte le mur. Sur la partie la plus exposée au vent, le bois est pâle, presque blanc, comme tapissé de givre. Des pendeloques de glace tombent des gouttières, immobiles. À l'étage, il semble que le carreau d'une vitre a éclaté. Il compte les fenêtres : une, deux, c'est celle de sa chambre qui a cédé. Il revient par le sillon qu'il a creusé dans la poudreuse, se glisse dans l'ouverture de la porte, se jette dans l'escalier, traverse le couloir gelé, tête baissée. Il saisit la poignée de sa chambre. Dans sa main, la clenche est glacée. Il pousse la porte, reste en arrêt sur le seuil : la pièce luit doucement. Les murs hérissés de fins cristaux de glace renvoient des reflets bleutés. Un givre barbu recouvre tout, le sol, l'armoire, les ressorts de lit. Il s'apprête à redescendre quand il entend tousser dans la chambre voisine : Ernst. Derain frappe à sa porte, entre sans attendre. Le vieil Allemand tremble de fièvre.

— Faut pas rester là, dit Derain.

Il l'aide à se lever. L'Allemand a les jambes qui flageolent. Il manque de tomber à chaque pas, s'agrippe nerveusement à Derain, qui passe les bras sous ses aisselles et le redresse, en le soulevant à moitié. Il le soutient dans l'escalier, le retient quand il perd l'équilibre.

Dans la grande pièce, les autres se sont levés. Morten branche et débranche le téléphone, fait jouer la fiche dans la prise. Ils l'entendent qui décroche et raccroche avec colère :

— Pis ! Ingen forbindelse !

Nous y sommes, pense Derain. Même le téléphone nous lâche.

Enfin.

Il en est presque soulagé.

24

Juché dans son 4 x 4, Morten essaye de faire démarrer le moteur. L'appel de la clef ne déclenche pas le moindre gémissement. Le capot est ouvert, relié par deux cosses à la voiture du colonel.

— Tu crois à la magie ? dit Cranach.

Les voitures forment de légers renflements à la surface de la neige.

— Tu démarrerais que tu pourrais pas avancer, poursuit Cranach. L'huile du moteur, elle a gelé.

Dans la grande pièce, ils ont empilé les matelas les uns sur les autres. Un jour gris entre par les fenêtres tamisées de givre. Il y a dans l'air une odeur acide de bois humide. Ils sont assis autour de la table, devant les bougies éteintes, liquéfiées sur le col des bouteilles.

— On va venir nous chercher, dit Ethel.

C'est presque une question.

Allongé sur un matelas qu'on lui a laissé, Ernst dort près du feu, replié sur lui-même.

— Ils ne savent peut-être pas qu'on est là, dit Cranach.

— Et lui ? fait Madalen en montrant Ernst. On ne peut pas le laisser comme ça. Il faut que...

— Tu crois qu'ils vont venir l'hélitreuiller ?

coupe Cranach. Je te le dis : si ça se trouve, personne ne sait qu'on est là. À part l'agence bien sûr, mais avant qu'ils s'inquiètent, eux… on a le temps de passer l'hiver.

— Il faut attendre, dit Ethel.

— Attendre, je veux bien, dit Madalen, mais combien de temps ?

Elle se tourne vers Cranach, un sourire en coin :

— Tu m'as dit que tu me préviendrais quand ce serait l'heure. J'ai le droit de m'inquiéter, là ?

— Pas encore.

— Qu'est-ce qu'il te faut ?

— On leur donne trois jours.

— Trois jours ?

— Soixante-douze heures, pas une de plus.

Ils sont surpris par la précision du délai qu'il propose, l'intrusion d'un chiffre exact dans ce désordre.

— Pourquoi trois jours ?

— S'ils ne sont pas venus nous chercher dans trois jours, c'est qu'ils ne savent pas qu'on est là.

— Et ?

— Dans ce cas, t'as le droit de t'inquiéter.

— Super.

— Dans trois jours, c'est nous qui y allons, poursuit Cranach.

— Nous ?

— On rejoint la route à pied, on la suit jusqu'à la ville.

Ils ne savent pas quoi répondre, soufflés. Il les prend au dépourvu encore, les brutalise un peu par la précision de ses propositions.

— On est à deux jours de tout, et encore, en bagnole ! dit Madalen.

— On n'en sait rien. Moi je me souviens avoir

croisé des panneaux. Je crois même avoir vu des maisons.

— Elles étaient inhabitées.

— Qu'est-ce que t'en sais ?

— T'as peut-être traversé un village, moi pas. Je ne passe pas la nuit dehors par ce temps-là, je te préviens, c'est net.

— Bah moi, j'irai. Pendant que tu mèneras la vie de château, j'irai chercher les secours. On va pas rester là comme ça, non ?

Entendant que le ton commence à monter, le colonel lève une main, le visage ridé par la réflexion.

— Nous avons deux adversaires, dit-il pour couper court.

Ils se tournent vers lui, surpris par ce dernier mot. Madalen et Cranach se ressaisissent, craignent soudain d'être désignés comme tels.

— Deux adversaires.

Derain devine que le colonel ne supportait pas d'être en reste depuis quelques minutes.

— L'un qui ne saurait effrayer les chasseurs que nous sommes. L'autre que nous aurions grand tort de sous-estimer.

Il ménage un silence.

— Le premier est la faim.

— La faim ? s'exclame Cranach.

— Avez-vous fait un tour dans la resserre ? Figurez-vous que je me suis payé le luxe d'un inventaire. C'est la première chose que j'ai faite ce matin. Vous voulez savoir ?

Il sort un bout de papier de sa poche, semble lire à haute voix la liste des courses :

— Deux kilos de farine, du sucre en morceaux, trois boîtes de flocons d'avoine, quatre de sardines, trois de lait en poudre, un demi-tube de lait concentré, deux boîtes de fayots, deux kilos de riz, des fruits secs, une boîte de pain azyme entamée, trois barres de chocolat...

Il lève les yeux de son papier, plante son regard dans celui de Cranach :

— Même si nous réduisons notre train de maison, il n'y a pas de quoi tenir bien longtemps, en tout cas pas de quoi nourrir sept personnes. Je vous prie de remarquer, mon bon ami, que le tableau de chasse est bien maigre depuis notre arrivée : une perdrix, un lièvre, les abats d'un élan.

Il marque une pause, résume avec un peu de solennité :

— Il faut nourrir les hommes.

— Et les chiens, souffle Derain.

— Et les chiens.

Après avoir laissé le temps à ses paroles de s'ancrer dans le crâne de chacun, il ajoute :

— Mais on n'effraye pas un chasseur avec ce genre d'épouvantail.

Il a soudain de l'entrain, voudrait les galvaniser.

— Un chasseur ne se laisse pas mourir de faim, que je sache !

— Et le deuxième adversaire ? coupe Madalen.

Il ne répond pas. Derain sait qu'il le fait exprès. Il veut entourer sa réponse d'un écrin de silence, lui donner le poids nécessaire.

— Le froid.

— Sans blague, ironise Madalen.

— Je vous interdis de plaisanter.

Derain a l'impression délicieuse d'être au premier rang, juste derrière l'orchestre. Le colonel est prêt à jouer sur tous les registres pour s'attirer leur respect. Il retourne chacun de ses mots dans sa bouche avec gourmandise, joue successivement la logique, la colère et la peur. Une prise de pouvoir, pense-t-il simplement, j'assiste à une prise de pouvoir.

— J'ai connu une situation comparable un jour, poursuit-il. Nous consommions une cinquantaine de bûches par jour.

Il regarde Madalen avec sévérité, reprend :

— Une cinquantaine de bûches ! Savez-vous ce que cela signifie, par ce froid ?

Elle baisse les yeux, le regarde encore, puis se détourne, indécise.

— Cela signifie que si nous voulons garantir la flamme, il faut débiter du bois de chauffe, et pas qu'un peu. Nous avons du pain sur la planche, si vous me permettez l'expression. Je ne sais pas comment vous appelez ça chez vous, mais chez moi, il y a un nom pour ça : sinistrés. Pour trois jours, soit. À la bonne heure, j'applaudis même des deux mains à votre proposition, Cranach. En attendant, il faut durer. Et c'est ce que vous avez oublié de mentionner dans l'énoncé de votre plan, aussi pertinent soit-il.

25

Ils essayent de marcher dans les traces du colonel qui ouvre la route. Ils tassent la neige avec leurs raquettes, s'enfoncent de soixante centimètres dans la poudreuse. Ils doivent arracher le pied du trou creusé à chaque pas. Ils sombrent dans les ravines comblées de neige molle, les moindres accidents de terrain. Ils se prennent dans les branches mortes, les troncs pourris, les écheveaux de ronces.

— Un sacré coup de froid, hein ? a dit le colonel.

Il porte une drôle de toque en peau de lapin, qui lui protège la nuque et les oreilles.

Depuis, ils communiquent par monosyllabes. Ils vont à travers la forêt accablée, avancent dans un bruissement de soie. Ils font des grimaces, crispent le visage pour faire circuler le sang.

Tu parles qu'il fait froid, pense Derain. Il ne respire plus par le nez, les narines obstruées de glace. Il ressent un tiraillement de plus en plus douloureux sous les paupières. Il a les yeux qui piquent de toute cette lumière, marche en essayant de faire la nuit, de les garder fermés.

Les chiens barbotent jusqu'au cou, englués de neige. Les yeux mi-clos, Derain regarde le sien qui avance avec les autres, le poil peigné par le vent.

Il le revoit aller, venir, refuser de partir, comme les autres, obéissant à son instinct de bête. Tout à l'heure, les chiens ne voulaient plus y entrer, restaient à la porte de la forêt. Même la chienne du Danois hésitait, elle qui ne le quitte plus d'une semelle.

— Kom nu !

— Come on ! hurlait Ethel à son korthals.

— Allez ! Viens là ! ordonnait Derain à son propre chien depuis les arbres.

Excités par les voix, les chiens avançaient timidement sous le couvert, les rejoignaient, puis faisaient brutalement demi-tour, repartaient vingt mètres en arrière dans le sillon qu'ils venaient de creuser. Une fois franchie la ligne des premiers arbres, hors de danger, ils se retournaient, regardaient leurs maîtres hurlant de colère, hésitaient encore.

Derain se souvient de la catastrophe de C***. C'était au début du siècle, là-haut, il n'était pas né, une histoire que tout le monde connaissait près de chez lui, un accident minier parmi les pires : une explosion, un feu mal éteint dans une veine. La déflagration avait couru dans les boyaux sur une centaine de kilomètres, brûlant tout. Les sauvetages avaient duré plusieurs jours. Mille hommes manquaient à l'appel. Les corps remontaient sans cesse, sans qu'on puisse les identifier. Une poignée d'hommes survivaient encore là-dessous, personne n'y croyait plus. Ils avaient été une dizaine à durer, à manger les chevaux, les mèches de lampes, les cols de chemise, à mâcher du bois, à avaler de la pisse, vingt et un jours dans la nuit. Mais ce n'est pas ça qui l'avait marqué.

— Le matin du drame, quelques hommes avaient refusé de descendre.

Madalen le regarde, à travers les mèches alourdies de glace qui lui tombent devant les yeux :
— Pourquoi ?
— Ils étaient inquiets, les chevaux étaient nerveux.
— Alors ils ne sont pas descendus ?
Ils peinent à parler, tremblent de froid.
— Parce que tu trouves bizarre de demander l'avis du cheval ?
— Je ne sais pas.
Le colonel s'est arrêté, agenouillé devant une série de traces.
— On a du monde.
Il pose le dos de la main au fond de l'empreinte : elle n'a pas encore complètement gelé. Il appuie le bout de ses doigts pour en éprouver la résistance. De belles bêtes, bien lourdes, pleines de vie. Les traces se chevauchent par endroits.
— Au moins six têtes.
Ethel porte la corde en bandoulière. Il y a dans son regard une tension nouvelle, presque de la joie, celle de venir prélever le gibier à la forêt par nécessité. Sa flasque passe de main en main. Derain caresse la neige, les yeux écarquillés. Il est accroupi, concentré comme devant une phrase difficile. Les empreintes sont fraîches, la croûte n'a pas eu le temps de s'épaissir.
— Une harde de caribous. Ils marchent dans leurs traces, comme nous. Ils surveillent leur propre piste, faut sortir de là.
L'alcool est devenu sirupeux avec le froid. Il s'essuie la bouche.

Ils avancent sous le vent, font un détour, croisent la piste un peu plus loin. Quand le colonel l'aperçoit à nouveau, il lève la main, avance seul. Il observe la direction, revient, décide d'un nouveau détour.

Ils progressent ainsi par vastes crochets successifs, lentement, pendant un temps qui leur semble des heures. Par moments, la neige leur monte à la hanche.

Derain entend le souffle des respirations, le halètement des chiens. Il y a leurs pas dans la poudreuse, les paquets de neige sourde qui tombent des arbres et, de temps en temps, un craquement sec. Il ne comprend pas tout de suite de quoi il s'agit. Il n'a jamais entendu ce bruit auparavant. C'est un son tellement sinistre, tellement incroyable. Il faudra qu'il le décrive à ses collègues à son retour. Ce bruit, il sait ce que c'est. Il a du mal à l'admettre. Les arbres éclatent, cuits par le gel.

La traque se resserre. Ils arrivent sur la harde, avancent plus lentement encore. Sur une crête, ils la voient enfin, à trois cents mètres en contrebas, arrêtée dans une cuvette, à l'abri du vent. Morten a levé les jumelles, balaye la harde. Il fait huit des deux mains, puis un geste large, qui enroule. Il propose de prendre un côté, que Derain prenne l'opposé. Les autres resteront en place.

Ils redescendent, se séparent pour contourner la dépression de part et d'autre. Pas de tétanisation qui tienne, pas de marais glacé ni de capture à mains nues. Cette fois, Derain veut entendre les coups de feu, tous, les compter, que ça pète bien. Huit bêtes ! De la bonne viande bourrée de sang. Il les a vues, elles sont là, légèrement excentrées dans le cirque, offertes. Elles ne les ont pas sentis. Ils vont s'écarter sur la crête en tâchant de rester à bon vent. Ils vont les cerner, les enfermer. Ils peuvent n'en prendre qu'une seule, celle qui boite, celle qui traîne, peu importe. Derain la veut, morte et bien. Il est pris d'une fébrilité qu'il ne se connaît pas, qu'il voyait dans les yeux d'Ethel tout à l'heure. Ils vont chasser pour manger. Cette vie, ils vont la prendre pour prolonger la leur, celle de leurs chiens. Il s'apprête à donner la mort, peut-être, il ne s'est jamais senti si vivant, si simplement vivant. Il déchausse ses raquettes, les attache dans son dos. Il progresse lentement, rampe dans la poudreuse, la carabine calée dans le creux du coude, à la manière d'un soldat. La neige lui entre dans le col, dans les gants.

Approchant de la ligne de crête, il s'arrête : la harde n'a pas bougé. Il épaule son arme, allongé dans la neige molle, avance l'œil sur l'optique. Il cligne des paupières plusieurs fois. Ses yeux brûlés n'arrivent plus à accommoder. Il tâtonne, change la position de ses mains, son port de tête. Impossible de viser comme il aimerait, de placer une balle intelligente. Les formes lui paraissent adoucies, comme à travers un voile. Il ne sent dans son viseur que la masse grise des animaux serrés. Tant pis, il tirera dans le tas quand les autres feront feu. Il braque simplement la gueule de son arme, prêt à lâcher son jus. Il ne veut pas tirer le premier, il placerait une mauvaise balle, pourrait tout gâcher. Morten doit être positionné car il a vu passer un reflet de l'autre côté. Il est essoufflé par la montée, les heures de marche dans la neige. Il entend bourdonner le sang à ses tempes, a le cœur qui cogne, se sent moite. Il voudrait respirer à fond, récupérer son souffle, le froid l'en empêche. Il n'arrive pas à gonfler les poumons sans se brûler. Par moments, il a l'impression de s'asphyxier. Mais les animaux sont là, au bout de son regard myope, alors il essaye de se concentrer, de viser un point, veut devenir la balle qu'il va jeter sur la harde. Il tirera au plus épais, dans le tas, ce sera toujours ça. Et qu'importe où elle va s'écraser, il voudrait tirer déjà, se libérer de cette tension qui partira avec la balle.

Alors ?

Il attend le premier coup qui ne vient pas.

Il lui semble qu'un animal s'est levé sur ses pattes.

Tirez, bordel ! Il aimerait que ça claque. On ne va pas faire de manières.

Mais qu'ils attaquent, bon sang !

D'autres se sont levés. Ça y est, toute la petite troupe s'est mise en branle. Et ce coup qui ne part pas. Ne les laissez pas filer ! Éparpillez-moi ça !

Il va devoir tirer. La harde va sortir de leur angle. Il voit le ballottement de leurs fessiers, qui roulent et les narguent.

Ah ! Il va leur dire sa manière de penser tout à l'heure. Au creux de son pouce, il ôte la sûreté. Bon sang ! Il doit planter une balle, la harde est déjà sous le couvert. Une vilaine balle, un tir de cul qui mettra tout le monde d'accord, tant pis. L'index effleure la queue de détente, il tire.

Rien.

Le coup n'est pas parti. Le percuteur est resté emprisonné dans son logement. Il jette son gant, croche son doigt sur la détente, recommence en appuyant plus fermement. En vain. Voilà que son index adhère au métal gelé, qu'il est tenu à son arme. Il arrache son doigt dans un mouvement de rage. La peau reste sur le métal.

Ils ont les poumons brûlés, la gorge desséchée, ont du mal à s'expliquer :

— Carabine gelée.

— Bon Dieu, pas laisser nos armes à l'intérieur, dit le colonel, c'est la condensation.

— Peut rien tirer de cette forêt.

— Condensation, rien d'autre.

Ils se sont fait avoir comme des bleus. Morten est fou de rage.

Les chiens ne comprennent pas. Ils ne voulaient pas y aller, ont pataugé des heures, ils ont faim, se sont tus quand on leur a demandé, voilà huit bêtes qui s'éloignent sans avoir été inquiétées.

Ils rentrent, tête basse, le regard éteint. La carabine pèse plus lourd dans le dos, ils enfoncent davantage dans la poudreuse. La buée compacte de leur haleine plaque sur eux des cristaux de glace. Ils ont les cils et les sourcils givrés, les yeux alourdis de larmes. Le froid leur suce les bottes. Derain est pris d'une inquiétude. De quelle chasse sont-ils devenus les actionnaires ? On lui a dit « Tu verras, c'est inoubliable de chasser là-haut », il est venu, le voilà, alors ? Il marche dans la neige, éreinté, aveugle à moitié. Il pense à ces hommes, le matin du drame, qui ont refusé de se mettre dans la queue. Aux autres, qui ne se sont pas méfiés. Il pense à l'attitude de son chien, à la prostration dont il a été témoin en venant ici, il y a quelques jours, à ses quatre pattes écartées sur le macadam, face à la forêt, le poil hérissé de peur. Il n'était pas plus malin que les autres. Lui aussi, lui aussi aurait accepté de descendre.

26

De retour au chalet, alors que les autres sont déjà rentrés à l'intérieur, le Danois reste accroupi, une main ouverte à la surface de la neige. Il se lève, écarte sa chienne d'un mouvement agacé de la jambe. Derain se rapproche, comprend ce qui a éveillé l'attention de Morten. Un pointillé court entre les arbres. L'empreinte est large comme une main. Pas de doute possible. Les doigts écartelés dans la poudreuse, toutes griffes dehors : les pattes fourrées d'un loup. Ils étaient sûrement quatre ou cinq, les traces sont élargies, il y a des ratés, comme s'il n'y avait pas assez d'encre, qu'on ait pressé plusieurs fois l'empreinte. Ils se sont suivis en file indienne, ont marché exactement dans les pas du loup de tête pour économiser leurs forces. Ils sont venus ici, ont avancé sous les branches, tête basse, ont pointé leurs yeux jaunes vers les hommes, vers les chiens.

Derain et Morten se regardent un instant, sans savoir encore ce qu'il faut en penser.

— Je suis rincé, dit Derain.

Il l'a dit en faisant un geste vers la maison, en espérant que l'autre comprendrait. Morten hoche la tête. Il y a l'ombre d'un sourire sur ses lèvres, que Derain ne comprend pas.

La tête au-dessus du poêle, Derain fait fondre la glace prise dans sa barbe.

— On a vu des traces de loups. Ils sont venus tout près, Morten a relevé les empreintes.

— Des loups ? demande le colonel. Il nous faudrait un goret, on ferait un massacre.

— Un goret ? dit Madalen.

Sous la table, Derain aperçoit ses pieds nus qui se caressent. Plutôt qu'ouvrir les mains devant la fonte, il pourrait l'attraper, l'asseoir d'autorité sur ses jambes, glisser les mains entre ses deux cuisses jointes, là où c'est l'été.

— En Russie, ils vous chassent encore le loup au ch'ti cochon. Ils embarquent sur un traîneau en pleine nuit, avec un goret vivant. Ils traversent la forêt en le pinçant comme des malades pour le faire crier, les loups s'approchent, ils les tirent les uns après les autres. Le mieux, c'est que ça dure toute la nuit parce que le loup mange du loup ! Vous ne saviez pas ? Le premier loup est mangé par les autres. Puis le deuxième, etc. À chaque fois qu'ils ont fini, ils rejoignent le traîneau et ça recommence.

Derain vient de leur dire qu'une meute de loups s'était approchée de la maison, voilà ce qu'il récolte : une étude des mœurs sous la Russie des tsars.

Allongé par terre, Ernst von Sydow dort sur un matelas.

— Il a de la fièvre.

Cranach fait les cent pas, rage de ne pas être parti avec eux aujourd'hui, reprocherait presque à l'Allemand d'être malade. Morten a posé sa carabine en travers de ses cuisses, commence à en démonter le mécanisme.

Leurs barbes naissantes ont poussé dans la nuit, comme sur les morts. Ils ne se rasent plus, ont l'air de vieux soldats, le visage séché par le froid et la chaleur du feu. Des rides se sont creusées, qui leur partent en étoile autour des yeux, autour de la bouche. Ils ont les lèvres salement gercées, traversées de minuscules fentes verticales là où la muqueuse a éclaté. Il y a encore sur leurs visages le pâle reflet de la neige quand ils étaient postés en haut de la cuvette, pointés sur la harde. Derain tire ses jambes fatiguées sous la table.

Depuis combien de temps est-ce que nous... ?

Morten fait jouer la pointe de son couteau sous le percuteur, effrite la glace qui l'entrave encore, la brandit au bout de sa lame sous le nez de Derain.

Depuis toujours.

Il entend le colonel décider qu'ils ont joué de malchance. Il se tire le nez, passe les mains sur son visage, se masse les yeux. Il a des éblouissements, des lourdeurs de tête. Ses paupières sont rouges, gonflées.

— Mon vieux, dit le colonel, vous êtes en train de vous payer une cécité des neiges carabinée. Vous êtes en plein dedans. Je vous avais prévenu, remarquez. Je suis désolé pour vous, cela ne doit pas être marrant.

Derain ne répond pas, le visage dévoré de barbe, le regard enfiévré. Il n'y a pas une seule traque qui se soit déroulée normalement, pas un seul animal qui soit mort comme il se devait, et ils sont là à boire, à fumer comme si de rien n'était, à faire des phrases, à décider qu'ils n'ont pas eu de chance.

Face à lui, Madalen promène un bâton de rouge sur ses lèvres. Dans sa trousse de toilette, à demi éventrés sur la table, il voit des flacons de crème qui doivent être à la vitamine E, d'autres qui doivent réduire la ride du lion, une eau démaquillante, un flacon de gel douche orange qui doit être à la fleur de vigne, un truc de bonnes femmes. À la fleur de vigne ! Le souvenir de ces mots, de leur incongruité, le mettrait presque en colère. Elle est simplement là, à étendre du rouge sur ses lèvres, à faire claquer sa langue, à faire mine de lui tendre le tube quand elle croise son regard. Comme il ne le prend pas, elle hausse les épaules, le tend à Morten qui s'en saisit, commence aussitôt à se colorer les lèvres. Sous le regard ahuri de Derain, il pince la bouche, l'arrondit, tend le tube à Ethel, qui se met à l'imiter. Le colonel sourit quand il voit arriver le bâton de rouge, l'applique grossièrement à son tour, puis le tend à Cranach. Derain les regarde, abasourdi par leur intelligence, leur savoir-survivre, l'abandon si net et si rapide de leur quant-à-soi. Il fait signe pour qu'on lui passe aussi le tube, le porte doucement à ses lèvres fendillées : il en pleurerait presque de soulagement. La graisse comble les ravines de ses lèvres, assouplit sa bouche, lui rend l'usage de ses muqueuses, de son sourire. Désignant la couche d'Ernst von Sydow, il lance, la bouche sucrée :

— Il va se demander où il est tombé.

27

Plus tard dans la soirée, Derain démonte sa carabine. Il libère le percuteur, entoure de sparadrap la queue de détente. Il en applique grossièrement le long du pontet, les parties métalliques où il risque à nouveau de poser les mains. Il protège la bouche du canon d'un bout de chatterton pour empêcher l'obstruction du gel, glisse la carabine dans sa housse. Puis il sort la déposer à l'extérieur, pour lui faire passer la nuit dehors.

Il contourne la maison, s'arrête. Il y a quelqu'un à l'entrée du bois.

Morten.

Le Danois est accompagné de sa chienne, tenue à une corde. Il fait le tour d'un arbre, semble décidé à l'attacher. Il a entendu Derain mais l'ignore, fait semblant de ne pas le voir.

Quand Derain revient, Madalen est assise en tailleur sur son matelas, se masse la plante des pieds.

Il s'assoit face à elle, dit à voix basse :

— J'ai vu Morten dans la forêt.

— ...

— Il attachait sa chienne à un arbre.

— Pourquoi ?

— Je ne sais pas.

— ...

— Elle va crever de froid.

— Il ne veut peut-être pas la laisser avec les autres dans le chenil, elle a ses chaleurs depuis hier.

— Il n'a qu'à la mettre dans la cuisine.

Il a un mauvais sourire.

— Il était dans les traces qu'il avait repérées tout à l'heure.

— Et alors ?

— Il veut une portée de demi-loups.

— Qu'est-ce que tu dis ?

— Il veut une portée de demi-loups, il compte que les loups reviennent. Sa chienne va se faire couvrir par la meute, dans deux mois il aura une portée.

Elle est horrifiée.

— On parie ?

Derain est un peu fasciné. Quel opportunisme encore, quel à-propos. Morten a l'idée d'offrir sa chienne à la meute, tente de repartir au Danemark avec, dans le ventre de sa chienne, un peu de sang de loup.

— Commence à m'plaire, celui-là.

— Et si elle ne veut pas, elle ?

Elle a un réflexe de femme.

— Et s'ils la bouffent ?

Il hoche la tête à la pensée du viol qui se prépare peut-être.

Sur son matelas, le vieil Allemand est parcouru de frissons. Une toux grasse déchire sa poitrine. Recroquevillé, il ne parvient pas à s'arrêter.

Dans son fauteuil, le colonel le regarde avec une sévérité calme. Il ne fait pas un geste, plongé dans un silence résolu. Il semble attendre qu'Ernst ait fini d'expectorer, puis se lève, s'approche du vieil homme. Sans se baisser, il donne un bref coup de pied dans le matelas pour attirer son attention.

— Vous ne pouvez pas rester là.

Ernst le regarde, les yeux grands ouverts, la tête tournée vers ce géant aux lèvres rouges.

— Debout, j'ai dit.

— Qu'est-ce que vous faites ? intervient Madalen.

— Il est peut-être contagieux, il ne peut pas rester là, décrète le colonel sans quitter l'Allemand des yeux.

— Où voulez-vous qu'il aille ?

— Dans la cuisine, ou ailleurs, comme il veut, je ne veux plus le voir ici.

— Vous avez vu la température qu'il fait dans la cuisine ? Vous n'avez qu'à y aller, vous.

— Je ne suis pas malade, moi. On allumera le poêle.

— C'est hors de question, dit calmement Madalen.

Le colonel feint de ne pas avoir entendu, donne à nouveau un coup de pied dans l'épaisseur du matelas. Ernst, l'oreiller, les couvertures, frémissent sous l'effet de la secousse.

— Allez. Debout.

Sa voix tremble un peu.

Derain sent ses mains devenir froides. Il se lève, rejoint le colonel. Il le saisit par le bras, l'écarte doucement de l'Allemand. En sentant la main le saisir, le colonel semble reprendre ses esprits. Il ne dit pas un mot, ne se dégage pas du bras de Derain.

— C'est qu'il est peut-être contagieux, dit-il en baissant les yeux.

Derain se demande tout à coup qui est cet homme au bout de son bras. Il doit faire très sombre à l'intérieur. De le tenir là, tout près, il voudrait plonger son regard dans le sien, comprendre pourquoi il y avait quelque chose de si dangereusement dur dans le timbre de sa voix. Il a entendu la terreur qu'il essayait de dissimuler sous ses paroles. Alors, au fond, il avait peur lui aussi ? Sans se dégager, le colonel essaye de sourire pour signifier que l'incident est clos. Derain n'arrive pas à le détester. Il y a une sensualité laide dans le pli de sa bouche, quelque chose de blessé dans l'expression de son visage blême. Il n'y a plus de race dans ses mains, dans son maintien, dans son port de tête. Il n'est plus fort ni faible, ni intelligent ni bête, ni beau ni laid, ni vieux ni jeune, il n'est plus rien, se liquéfie dans sa main. Il est sur le point de s'effondrer. Alors pourquoi ce ton despotique, ce tremblement dans la voix ? Cet homme a vu des choses qu'eux ne verront jamais. Derain le sent dans cette obscurité, l'Afrique a tué quelque chose chez cet homme-là. On ne va pas au R*** pour chasser. Il y était pour autre chose, qu'il ne dit pas. Il y a commandé des hommes. Il a gardé en mémoire l'odeur du diesel dont ils brûlaient les corps, le souvenir des rats. Et l'image de cette femme morte, qui ne le quitte pas, cette posture humiliante, qui disait le viol. Cet homme a vu des choses, Derain le sent au bout de son bras.

28

Cranach sort sur le perron, suivi de Madalen et de Derain. Une équipée francophone. Les trois plus jeunes, les trois plus forts, pense Derain. Ils partent pour une poussée silencieuse, maquillés comme des voitures volées. Ils choisissent une langue de terre délimitée par un lacet de la rivière gelée.

Lucas se postera là, dans le creux de la courbe, pour pouvoir tirer des deux côtés.

Derain dit :

— Je prends à gauche.

Madalen est d'accord pour prendre à droite.

La neige crisse sous leurs pas. Une branche se brise de temps en temps. Juste ce qu'il faut de bruit pour une poussée silencieuse. Le gibier les entendra de loin, fuira par instinct mais sans crainte, s'éloignera tranquillement sans penser au danger, franchira la rivière gelée en trottinant. Qu'il ne se sente pas chassé surtout. Un peu de bruit, juste de quoi le faire se lever, marcher dans la direction opposée, l'envoyer dans les pattes de Cranach-le-boucher. Si la bête courait, prenait peur, ce serait raté. Cranach n'aurait pas le temps de jumeler, d'ajuster ni de tirer.

Ils vont chacun de leur côté, dans la forêt morte. Ils étaient trois il y a encore quelques minutes, ils sont seuls à présent. Ils avancent ensemble sans se voir, alignés sur une ligne imaginaire, prêts à épauler.

Derain ferme les yeux. Il a des élancements derrière les paupières qui lui arrachent des grimaces. Il gémit de douleur, furieux. Il commence à dérouiller, et bien. Est-il encore bon à quelque chose ? Les autres ont tenté de le dissuader, il a tenu à venir quand même. À peine s'il peut encore être rabatteur. Essayer de ne pas se cogner, c'est déjà ça, pense-t-il. De temps en temps, il entend un vague bruit de branche cassée sur sa gauche, un bruit minuscule, qui le rassure. Il lui prend le besoin de sentir quelqu'un, une présence. Je deviens aveugle, pense-t-il. Je n'aurais pas peur sinon.

Et ce silence, encore !

L'air est si froid qu'il faut le réchauffer dans le nez, dans la bouche, avant de le faire descendre dans les poumons.

C'est folie de croire à la présence de viande au milieu de ces sapins durcis par le gel. Ils l'ont vidée cette forêt, avec toutes leurs allées et venues, leur boucan. Le gibier s'est carapaté, voilà bien la vérité. Il a filé dès que l'alcool a commencé à s'épaissir dans la gourde, Derain veut bien le parier. Trois déments aux lèvres écarlates au milieu de tout ce blanc. Il pense à un garde, un promeneur qui les croiserait maintenant : il aurait du mal à le croire. Il leur faudrait encore un peu de sent-bon pour bien faire. Ils ont l'air de trois folles qui prendraient le raccourci par la forêt un lendemain de fête. Trois folles armées jusqu'aux dents.

BANG !

Derain a sursauté. Le coup a dû s'entendre jusqu'au domaine.

BANG !

Encore. C'est venu du côté de Madalen.

Il court avec ses raquettes comme un original, fait de grandes enjambées dans la neige en essayant de ne pas se planter. Il la rejoint, essoufflé, les poumons en feu. Elle tremble. Ses dents claquent si fort qu'elle n'arrive pas à parler. Où est la bidoche ? Elle est immobile, les mains bêtes, serrées sur sa carabine.

— C'était quoi ? il demande.

Ses lèvres sont étrangement violettes. D'un mauve artificiel, chimique. Les muqueuses bleuies de froid, mélangées au rouge à lèvres.

— J'ai, j'ai…

Elle plante sa carabine dans la neige. Il monte d'un ton :

— C'était quoi ?

Elle ne dit rien, claque des dents comme une sotte.

— T'as bien tiré, oui ou non ?

Cranach arrive à son tour, courant presque :

— Alors ?

Derain explique, sans quitter des yeux Madalen :

— Comprends pas, elle a tiré, sait pas pourquoi.

À Madalen encore :

— Arrête de trembler !

— Pourquoi t'as tiré ? demande Cranach.

— Arrête de trembler ! Pourquoi t'as tiré ?

— Pourquoi t'as tiré ? répète Cranach. C'est foutu maintenant.

Elle serre son express planté entre ses jambes. Ses mains papillonnent le long du canon, bouche en l'air.

Derain tend la main sur l'arme. Elle est brûlante. Il ne dit rien, regarde Madalen droit dans les yeux, pour être sûr. Il a peur de comprendre. Le silence se fait plus pressant. Elle a tellement honte qu'elle finit par dire :

— Je, à cause de, de mes, de mes doigts. Ils sont ge, gelés.

Lucas va à son rythme, prend le temps de comprendre. Ça l'aide de répéter :

— Tu as tiré parce que, parce que tu avais froid aux mains ?

Elle hoche la tête. Elle meurt de honte, va pleurer dans un instant. Derain voudrait lui mordre le visage. Elle entrevoit la violence dans son regard.

Cranach répète, en minimisant soudain :

— Bon ! Bon ! ça va ! T'avais froid aux doigts, alors t'as tiré, quoi. T'as froid aux doigts, tu tires.

Il dit encore :

— Tu voulais pas le faire, mais t'avais tellement froid que t'as pas pu t'en empêcher.

Derain l'admire de désamorcer une situation pareille. Il s'apaise à son tour, la regarde mieux. Elle morfle, la petite. Elle a les mâchoires qui n'obéissent plus, les yeux qui ont des mouvements très brusques.

— On rentre, alors ? demande Cranach.

Ils posent leurs mains sur le canon encore chaud.

Elle leur tend la carabine, soulagée qu'ils mettent aussi les mains dans le plat.

— Tenez, fait-elle.

Nerveuse, elle ne fait que répéter, pour se racheter :

— Tenez... Tenez...

Un calcul d'enfant. S'ils se réchauffent les mains eux aussi, ils lui en voudront un peu moins, trouveront que son idée n'était pas si bête.

Ils ont les bras tendus sur le manche, forment une drôle de figure rituelle. Le canon est encore tiède quand Cranach fait :

— Allez !

D'un coup d'épaule dans la bandoulière, Madalen hisse la carabine dans son dos. Ils partent en file indienne, avancent dans la forêt déprimée.

Alors que Cranach est déjà parti, Derain retient Madalen d'une main.

— Attends...

Il lui tend sa carabine, ses gants, fait tomber son manteau, le lui met en travers des bras.

— Qu'est-ce que tu fais ?

Il retire l'un de ses pulls, le lui tend.

— Mets ça.

Elle le regarde sans comprendre. Il écarte une mèche gelée qui tombe devant ses yeux, caresse rapidement sa joue du revers de la main.

— Allez, mets ça, j'ai chaud, moi.

— T'es sûr ?

— Prends-le.

— Mais...

— Allez, mets-le, tu m'é-m'énerves, je vais prendre froid.

Il lui fait un peu peur avec son air bourru, alors elle lui rend son manteau, ses gants, sa carabine, se dévêt rapidement à son tour pour enfiler le pull qu'il lui tend. En passant la tête dans l'ouverture, la laine lui râpe doucement la peau, rend l'odeur un peu âcre, animale, de la matière encore suintée. Elle soupirerait presque : le pull est encore tiède de sa chaleur, pèse lourd sur ses épaules. Elle voudrait lui dire merci, au moins des yeux, mais il est parti. Alors elle va derrière lui, son dos tourné.

C'est Cranach qui l'a vu le premier.

Il était devant, n'a rien dit. Il s'est dirigé droit dessus, mais très lentement, très. De dos, Derain ne le voyait pas, mais s'est douté que Cranach regardait quelque chose qui lui faisait béer la bouche. Il l'a vu aussi, allait dire un mot, la phrase a été coupée dans sa gorge.

Puis Madalen a répété :

— Je ne comprends pas... je ne comprends pas...

Une masse grise est allongée dans la neige. Un trou sanglant sur le côté. Le brocard a été séché sur place.

— Je...

Lucas Cranach pose la main sur le cuir. Le chevreuil est encore chaud, fume doucement dans l'air glacé. Cranach montre la plaie du doigt, dessine un rond autour de l'impact, dit d'une voix d'outre-tombe :

— C'est ta balle qui l'a tué.

Elle fait non de la tête, lentement, un refus de l'esprit.

— Je vous jure que je ne l'ai pas fait exprès, je vous le jure.

Elle s'excuse ! Elle se défend avec plus de véhémence qu'elle ne l'a fait tout à l'heure, quand c'était grave.

— Je vous le jure ! le jure !

Elle y met toute son énergie.

Agenouillé, le jeune homme a encore le courage de dire :

— C'est le métier qui rentre.

Il hisse le brocard sur ses épaules, deux pattes de chaque côté. On dirait vaguement un santon de Provence.

Elle répète encore :

— Je ne comprends pas, c'est pas possible ça, non, je...

Ses lèvres peintes ouvrent une plaie béante au milieu de son visage.

Derain ne bouge pas, pâle comme la mort. Il préférerait que ça ne soit pas arrivé. Il préférerait que les chiens meurent de faim, et eux avec, il préférerait ça plutôt qu'avoir trouvé cette barbaque. Pardessus le marché, l'autre tarée n'a même pas tiré en tir fichant, elle aurait pu les tuer.

Cranach va le premier, le fardeau de viande sur les épaules.

Derrière, Derain entend un son effroyable, un cliquetis d'os, de squelette. Il s'aperçoit que ça vient de chez lui, qu'il s'est mis à claquer des dents. Ce n'est pas le froid, c'est autre chose. Il a un sentiment de déjà-vu. Je vous jure, machin, le métier qui rentre, il l'a déjà entendu. Bêtement, il regarde dans son dos, avec la sensation qu'on l'épie.

29

Quand Derain pénètre dans le séjour, il a un mouvement d'effroi : le colonel est devant la cheminée, un livre à la main. Il arrache les pages une à une, les froisse pour redémarrer le feu. Derain se précipite sur lui, lui arrache le livre déplumé, le retourne entre ses mains : non, ce n'est pas celui-là.

— Pardon, fait-il en lui refourguant le livre.

Il va à la bibliothèque où le colonel vient de prélever son allume-feu, cherche nerveusement, bascule les ouvrages un à un. Les autres le regardent s'exciter, fouiller le rayonnage les yeux plissés, encore tout habillé, les vêtements caparaçonnés de givre. Non, il l'a laissé dans la voiture l'autre jour. Il prend les clefs, ressort, gagne son véhicule. De mémoire, c'est le troisième, là. Il fouille la serrure sous la neige croûtée, ne parvient pas à introduire la clef. Il gratte avec les doigts, cherche les limites de la portière, libère un morceau de vitre. Il regarde à l'intérieur, dans l'ombre de la voiture, par le trou qu'il vient d'arracher à la neige. Il reconnaît la forme parallélépipédique du livre sur le tableau de bord. Il a un geste de colère, la porte ne vient pas. Il retourne dans la maison, traverse la pièce à grandes enjambées en saupoudrant le sol de neige.

— Attention, vous salissez tout ! dit Ethel Brakefield.

Il s'empare brutalement du seau rempli d'eau chaude suspendu dans la cheminée.

— Je suis en train de préparer du thé, proteste le colonel.

— Je vous en referai, moi, du thé ! hurle Derain.

Il trimbale le seau à bout de bras, progresse tant bien que mal dans la poudreuse, sème derrière lui une vérole fumante. Arrivé devant la voiture, il balance le contenu du seau à toute force. La forme de la serrure apparaît dans un nuage de vapeur. Il fait tourner la clef, tire la portière. Il se glisse à l'intérieur, reprend sa respiration. Il sent la brûlure des larmes derrière les paupières, serre les dents. Le livre est là, devant lui, sur la surface plane du tableau de bord. Il retire ses gants, le saisit délicatement dans ses mains.

Les lignes sont là, noires, parallèles.

Les pages viennent, se tournent correctement.

Rien.

Les signes ne lui amènent aucune image, aucun son.

Il fronce les sourcils, plisse les yeux, lève le livre sous son nez : à peine s'il parvient à déchiffrer l'assemblage des lettres, des syllabes. Il voudrait arracher le voile tendu devant ses yeux blessés, accommoder sur les signes minuscules. Il lit :

eux... ssés... mo... er... si... ul...

Il ferme et écarquille les yeux à s'en faire mal au crâne. C'est une étendue pâle, piquetée de points noirs, où tout se perd. Sous ses yeux, la surface de la page se grise. Il a un cri rauque, tape sur le volant, la face grimaçante. Est-ce permis d'avoir mal comme ça ? Et il est sûr d'avoir déjà lu les phrases que Cranach et Madalen ont dites tout à l'heure dans la forêt : « Je vous jure que je ne l'ai pas fait exprès, je vous le jure ! » Elle n'arrêtait pas de s'excuser. Et Cranach a parlé du métier qui rentre ! Une telle réplique dans des circonstances pareilles ! Qu'on ne se moque pas de lui, ils connaissaient leur texte. Le livre claque dans sa main. Il en sursaute presque, perdu dans le brouillard de ses pensées où la peur commence. Il a le désir insensé de fuir, les yeux fixés sur le pare-brise, une main agrippée au volant congelé. Petite marche arrière souple, une main sur l'appuie-tête, un arc de cercle dans l'allée, passer la première, franchir le portail, clignotant à gauche, passer la deuxième, suivre le chemin jusqu'à la route, faire gicler la poudreuse, sentir le macadam sous les roues, passer la troisième, et qu'on n'en parle plus. Mais le moteur ne produit même pas un misérable gémissement sous l'appel de la clef, pas même un pauvre staccato d'encouragement. Et sa voiture ensevelie sous un tertre de neige ne bougera plus d'un centimètre. Les routes sont englouties, il est pris. Tout est blanc, ge..., gelé. Quelque chose, dans ce froid, empêche tout mouvement et le hait.

Derain prend le livre avec lui, rentre comme un somnambule, marche à petits pas dans la maison assombrie, se cogne aux coins des meubles, cherche leurs regards :

— J'ai... j'ai lu un livre l'autre jour... le voici... et...

Ils vont le prendre pour un fou.

— J'ai l'impression que ça parle de nous... que ça raconte peut-être ce qui nous est arrivé aujourd'hui...

Ils doivent être en train de le regarder, il ose à peine lever les yeux.

— Il faudrait que vous lisiez, que vous vous fassiez une idée…

Ils se taisent d'un silence qu'il sait hostile.

— Est-ce que je peux avoir mon seau ? demande le colonel.

— Vraiment, je ne plaisante pas…

— Mon seau ?

Derain sent doucement la colère monter dans ses veines. Pourquoi sont-ils d'une susceptibilité si crasse ? Ne voient-ils pas que quelque chose ne va pas depuis quelques jours ?

Il entend la voix de Cranach qui rentre dans la pièce :

— Bon sang, c'est pas vrai ! Y'en a même sur les matelas ! Qui a mis cette p… de neige ?

Le sang de Derain se fige. Ce qu'ils ont dit, l'autre jour, le choix des mots : « Rapprochez-vous de l'âtre, prenez ma gabardine. »

— Cette quoi ?

— Cette p… de neige !

— Tu veux dire cette « putain » de neige ?

— Non, cette p… de neige.

Derain n'en peut plus, éclate d'un rire nerveux.

— Mais dis-le ! Cette « putain » de neige, dis-le, bordel. Dis-le !

Cranach se tait, passe devant lui en le bousculant à moitié, quitte la pièce. Derain se retourne, lui gueule dans le dos, hilare :

— Mais dis-le, dis-le, fils de p… !

30

Dans l'ampoule du thermomètre, le mercure a gelé.

Il pense : c'est un froid qui veut, il y a une main sur le rhéostat, une intelligence derrière l'épuisement méthodique de nos ressources.

Je deviens fou.

!

fou.

!

Alors c'est cela, la folie ? Il pensait que c'était autre chose, que c'était les cris, mais c'est peut-être simplement cela, une idée qui s'installe calmement, s'enfonce dans le crâne à la manière d'un clou. L'obscurité apaise enfin ses yeux détraqués. Il distingue, pendue à une branche, la carcasse du chevreuil qui gèle dans la nuit bleue. Entre les arbres, la chienne du Danois va passer dehors une nuit supplémentaire. Les loups ne sont pas venus hier, il n'y a pas eu de nouvelles traces. Elle gémit, doit mourir de froid, de peur. Il la rejoint, lui caresse la tête. Elle tremble de froid, sa truffe est glacée. Il s'agenouille face à elle, la frotte maladroitement de ses deux mains ouvertes, lui malaxe les bajoues à travers l'épaisseur des gants. Il pense à la meute qui finira par venir, aux fauves qui vont la couvrir un par un.

Il pense cela.

Il se redresse, tourne le dos à la chienne, jambes écartées. Il entend la voix de Madalen derrière lui, dans un claquement de dents qui la rend bègue :

— Tu, tu t'es disputé-té, il paraît ?

Un trait d'urine grésille dans la neige.

— Qu'est-ce que tu, tu fais ?

Les doigts pincés sur le prépuce, il fait un pas de côté, sème quelques gouttes supplémentaires, avance encore d'un pas, recommence.

— Qu'est-ce que ?

— Qu'ils viennent, les loups, moi, je les attends, les loups.

Il fait si froid qu'il tremble aussi, répète les mots comme s'il était saoul. Il fait encore un pas, enferme la chienne dans un cercle de pisse. Il dépose ses jalons olfactifs, dresse autour d'eux un mur invisible. Madalen ne peut s'empêcher de rire, un drôle de grelottement, entrecoupé de claquements de dents. Elle le regarde faire ses pas chassés autour de la chienne, qui s'est mise à aboyer joyeusement.

— Tu marques ton, ton territoire ?

Il l'amuse par sa loufoquerie de grande brute, sa drôle de manière de protéger la chienne, et elle avec. Il a l'air complètement fait, à pisser comme ça sous la lune.

Elle entend un bruit sur le perron, un crissement dans la neige :

— Dépêche-toi !

Elle aperçoit Morten, alerté par les aboiements de la chienne. Derain remonte son pantalon, se prend les doigts dans la fermeture Éclair, ne peut s'empêcher de rire à son tour.

L'autre entend les ricanements étouffés, le voit se rebraguetter. Il se précipite sur lui, lui attrape le bras :

— Hvad fanden laver du, din idiot ?

Derain rit toujours, remué comme une armoire pleine de vaisselle.

— Spasser ! Lad min hund være !

S'appelle-t-on Morten Mørtensen dans la vie ? Du plat de la main, Derain le maintient à distance. Madalen, encore sonnante de rires, les sépare tant bien que mal :

— Arrêtez !

Morten monte d'un ton, chasse Madalen, avance encore d'un pas, appuie le poing sur le torse de Derain, qui ne bouge pas d'un centimètre. C'est lui qu'elle tente de raisonner, voyant qu'il fait front, qu'il est le plus fort :

— Mais ça suffit !

Elle attrape Derain à bras-le-corps, le fait reculer en s'arc-boutant contre lui. Elle rit dans l'effort, le gronde comme un enfant :

— Ça suffit, arrête !

Elle le ceinture, souriant encore, la tête collée contre son poitrail. Elle ne retire pas ses bras, reste contre lui, pour l'empêcher d'être bête. Il lui fait presque peur maintenant. Elle sent l'odeur âcre de sa transpiration, entend le souffle caverneux que produit sa respiration dans le coffre de son ventre. Il lui fait penser à un animal lourd et musculeux qui pourrait la piétiner en un rien de temps.

— Lortespasser ! Pikslikker ! Bøsserøv !

Derain regarde la bouche du Danois articuler des mots qu'il ne comprend pas, fasciné par cette bouche de femme dans un visage d'homme. Il a encore Madalen dans les bras, la retient contre son torse pour l'empêcher de tomber. L'autre gueule toujours ses insultes à la lune, le regard plein de haine. Derain s'aperçoit que la cicatrice qui traverse la découpe de son œil s'est assombrie. Le ø de son nom semble s'être logé là, dans la chair de son visage, dans cette cicatrice qui lui barre l'œil de part en part. Il ne peut détacher son regard de ces deux lettres rondes qui le menacent, croit voir pointer sur lui le o de Morten et le ø de Mørtensen.

31

Alors que le jour n'est pas encore levé, Derain a entendu s'habiller Cranach, Ethel et le colonel. Les trois nuits ne sont pas encore passées, ils veulent déjà tenter le grand saut ?

Il se dresse sur son matelas, tâtonne pour trouver ses chaussures.

— Vous venez aussi ? demande le colonel.

Ah, çà ! Pas question de compter sans. Il veut absolument en être. Il se contente de hocher la tête sans regarder le colonel.

— Vous vous tiendrez tranquille ?

Il ne répond pas.

— Dans ce cas, faites comme nous, dit le colonel à voix basse, mettez ça.

La main de Derain saisit l'objet rectangulaire que lui tend le colonel.

Un livre, encore. Pris à la bibliothèque.

— Où voulez-vous que je le mette ?

Cranach apparaît derrière le dos du colonel, se penche brutalement vers lui :

— Tu veux vraiment le savoir ?

— Vous faites comme nous, explique le colonel, vous arrachez des pages et vous les glissez sous votre vêtement. C'est une astuce que j'ai apprise en faisant mes classes, regardez !

Il déchire une feuille, la glisse sur son ventre, entre le justaucorps et le premier de ses pulls. Puis il en prélève une autre, qu'il passe dans son dos. Puis une autre, qu'il coince dans la manche.

— Vous savez que ce n'est pas l'épaisseur des vêtements qui vous protège, n'est-ce pas ? C'est le nombre de couches d'air qui prévaut. Normalement, c'est plus pratique avec du papier journal, mais Ethel ne veut pas nous prêter le sien, il y a un problème de bridge à l'intérieur, elle dit qu'elle ne l'a pas encore fait.

Derain ne comprend pas.

— Mais elle dit ça rien que pour m'embêter, parce qu'elle ne supporte pas de nous voir déchirer les livres de la bibliothèque.

Derain a l'impression d'être mal réveillé. Un problème de bridge. Rien que pour l'embêter. Machinalement, il tire une page comme le colonel vient de lui montrer. Derain passe la feuille sous son pull. Contre les mailles, elle se froisse pour épouser la courbe de son corps. Il déchire une nouvelle page, puis une autre, tapisse consciencieusement son torse de papier, ses bras, ses jambes.

— Vous pouvez en mettre aussi dans vos chaussures, dit le colonel.

Il peut en mettre aussi dans ses chaussures.

— Ça protège de l'humidité.

Le regardant faire, Derain semelle aussi l'intérieur de ses bottes. Il ne reste déjà plus entre ses mains que la carcasse du livre, la couverture et la quatrième. Ethel saisit de ses mains le carton pantelant, jette un œil sur la titraille :

— Victor Hugo, *Les Travailleurs de la mer*, dit-elle avec mépris.

Son accent écossais la rend plus cassante. Elle prend des mains de Cranach le livre qu'il achève d'épouiller :

— Heinz Günther Konsalik, *Ein Sommer mit Danica*.

Elle ramasse celui que le colonel a laissé par terre, il n'en reste que l'enveloppe cartonnée qu'elle pince entre ses deux doigts, qu'elle lève à hauteur des yeux :

— Truman Capote, *In Cold Blood*.

Son bras retombe, comme alourdi par la pensée de ce massacre.

— That's definitely a shame.

En entendant ces auteurs et ces titres, le dépit de la vieille femme, Derain se prend à douter, peut-être s'agit-il de livres importants ? Le colonel lui tend un bol de flocons d'avoine. La cuillère tient debout dans le lait et la farine de quaker agglomérés. Derain s'en veut de ne pas avoir essayé de déchiffrer le titre du livre qu'on lui a tendu. Les lettres étaient suffisamment épaisses sur la couverture, il aurait pu les lire. Il frémit, sans savoir précisément quelle angoisse le tient, tout à coup. Alors quoi ? Ils auraient dû choisir ? Laisser les classiques, ne prendre que les romans de gare ? Il n'a pas lu *Les Travailleurs de la mer*, mais préfère bêtement Victor Hugo à Capote, qu'il n'a pas lu davantage. Quant à Konsalik, il n'a jamais entendu ce nom, avant. On dirait un livre à l'eau de rose.

— En route, dit le colonel.

Ils sortent dans la nuit gelée, chaussent leurs raquettes, s'enfoncent dans la forêt noire.

Dans le silence des arbres, ils entendent sur eux des froissements de papier.

32

Ils sentent se lever le jour à la couleur de la neige. D'abord grise, puis crème. La lumière ne semble pas venir du ciel mais se lever, monter du sol même, réverbérée par la neige. Elle est blanche, étincelante, quand une trouée apparaît entre les arbres.

— Pensez que c'est la route ? demande le colonel, enfonçant jusqu'à mi-corps.

L'intervalle entre les deux fronts paraît trop étroit. Les branches chargées de neige ploient vers le sol, rétrécissent l'écart ménagé entre les deux pans de végétation. Cranach dégaine son couteau, pique la neige. Il élargit l'ouverture, déblaye, va plus profond. Il ne parvient pas à rencontrer une résistance avec sa lame. Il creuse encore, aidé par les chiens, évacue à pleines mains des poignées de neige. Soudain, au fond du trou, le granulat noir de la route apparaît.

Tour à tour, ils viennent se pencher, veulent vérifier par eux-mêmes la présence de la matière goudronneuse.

Derain tend une main à Cranach pour l'aider à se relever.

Ils repartent, se sentent gagnés par une joie prématurée, où se mêlent, à égalité, le sentiment que cela aurait pu mal tourner, la satisfaction d'avoir quelque chose de plus à raconter, le désir fou de prendre un bain. Ils vont d'un bon pas, leurs chaussures crissent dans la neige croûtée.

Cranach est monté à hauteur de Derain. Il se sent le courage de demander, parce qu'il lui a tendu la main, parce que tout ça est peut-être bientôt fini :

— ... quoi tu m'aimes pas ? Qu'est-ce, qu'est-ce que je t'ai fait ?

Derain ne se sent pas gêné par la franchise de sa question, répond avec la même sincérité :

— ... trouvais que tu parlais bizarrement... si t'avais appris des choses par cœur.

— Par cœur ?

— Un peu...

— Je suis incapable de retenir quoi que ce soit par...

— Je sais...

— Tu vois pas qu'on a tous nos problèmes ?

— Excuse-moi.

— Et tes yeux, ça va ?

— Ça va.

Ils restent un moment côte à côte, oublient un peu le froid qu'il fait. Puis se rangent à nouveau en file indienne, pour rester dans la trace.

Chacun s'est déjà refermé sur sa souffrance.

À chaque pas, ils soulèvent un peu de neige dans le tamis de la raquette, qui s'agglomère, encroûte le pied, la cheville, pèse bientôt si lourd qu'il faut s'arrêter, taper avec un bâton pour l'en détacher.

Dans le mouvement de la marche, ils entendent craquer la toile de leurs vêtements gelés. Même libérées de la neige, les jambes restent prisonnières de deux fourreaux invisibles. Chaque fois que le genou monte, force le vêtement à se plier, ils entendent sur eux un froissement de métal. Le tissu et le papier sont devenus cassants et raides comme de la tôle. Même les gants ont perdu la mobilité des doigts.

Derain ne reconnaît pas la route qu'il a empruntée à l'aller. Les arbres autour d'eux se sont éteints, pétrifiés. La sève est tout entière dans le tronc, a sacrifié les branches les plus éloignées. Nous sommes comme eux, pense-t-il, à sacrifier les doigts, les oreilles, les joues, le nez. Ethel se frictionne si fort le visage par moments qu'elle semble se donner des coups. Quand la circulation repart dans la chair engourdie, il l'entend geindre derrière lui, sous les piqûres du sang.

Ils ont encore pour eux le mouvement, cette agitation stupide.

Personne n'ose dire ce qu'il pense à présent. Il fait si froid qu'une idée fixe les gagne un par un, en secret : il faudra arriver quelque part. Arriver avant la nuit. Ou alors rebrousser chemin, et dans ce cas, chaque pas compte pour deux. Mais passer la nuit, non, impossible. Il croyait que, peut-être, mais non.

La voûte formée par les arbres est maintenant celle d'une cavée.

Il leur semble que la route s'est encore rétrécie.

Ils marchent, bercés par le rythme immuable de leurs pas, le balancement des hanches, les sons toujours les mêmes.

Derain voudrait se retrousser les paupières pour gratter là-dessous.

Gueules abruties.

Il voudrait s'arracher les yeux.

La peau violette de froid.

Ils marchent depuis des heures.

Et le sang qui reflue.

Senti sécher la peau de nos visages.

Le pire, je trouve, c'est le froid qui rentre par en dessous.

L'éclat de la neige est si fort qu'il l'éblouit au travers de ses paupières fermées.

Une ombre passe.

Il se cogne.

Il ouvre les yeux : il est rentré dans le dos de Cranach. Devant, le colonel s'est arrêté. De trois quarts, il montre les arbres autour d'eux d'un geste circulaire de la main, devant, derrière. Il veut dire quelque chose mais une gangue de glace cadenasse les poils de sa barbe. Le visage hébété par l'effort, il joue des maxillaires pour ouvrir la bouche. Sa barbe s'ouvre sur un trou. Sa langue peine à former les sons, sèche comme du cuir.

— La route, finie.

L'écart entre les arbres ne laisse plus de place au doute : une voiture pourrait à peine passer. Elle roulerait que les rétroviseurs cogneraient de chaque côté.

— Trompés.

Il montre la forêt derrière eux. Ils se retournent, saisis d'effroi. Elle semble s'être refermée sur leur passage. La tranchée n'est plus aussi nette qu'elle l'a été. Comment ont-ils pu dévier ainsi, laisser la route se rétrécir aussi sûrement ? Le colonel indique une direction.

— Dévier par la gauche, crois… rattraper par là… couper à droite…

Ethel, Cranach et Derain le regardent, immobiles. Ils sont arrêtés depuis moins d'une minute. Le froid les prend déjà. Ils hochent la tête, ne se sentent capables que d'obéir, de se rallier. Surtout ne pas hésiter. Ne pas rester là, immobiles. Alors le colonel s'enfonce dans la forêt sourde. Ils vont dans sa trace, avancent entre les arbres serrés, dans le blanc cendré de la végétation morte. Ils passent de profil, écartent les branches, les bras en protection devant eux.

La forêt luit faiblement, pralinée d'une fine pellicule de gel. Les troncs se font plus serrés. Ils doivent enjamber des arbres maigres, couchés par quelque mystérieuse avalanche. Alors que les arbres étaient lourds, c'est maintenant une végétation dense et serrée d'épicéas fins, de bouleaux et de saules, qui les freine et les retient. Ils avancent péniblement, forcent un passage, font craquer les arbres. Au sol, la lumière est devenue grise, tamisée par le plafond des cimes. Ils s'empalent sur des branches durcies par le gel, tendues comme des lames, se griffent sur les brisées.

Derain garde les yeux écarquillés pour parvenir à se frayer un chemin derrière les autres. Le rideau de la végétation est devenu si dense qu'il se referme sur le dos de Cranach devant lui, le dérobe à sa vue. Il doit avancer plus avant pour l'apercevoir à nouveau dans la complication des arbres. Il disparaît déjà, alors qu'il pouvait presque le toucher il y a un instant. Il se sent soudain oppressé, ceinturé de toutes parts par la matière ligneuse, les mailles étroites de la forêt. Il ressent le besoin d'appeler :

— Cranach ?

Il ne répond pas.

Derain s'arrête. Il n'entend plus Ethel qui le suivait. Ni les chiens qui étaient dans ses jambes.

Le silence est tombé, fait peser sur lui une étrange menace. Il est seul, serré au plus près par les arbres qui ferment la vue. Il ne peut s'empêcher de penser : elle ne veut pas. Il se sent en danger, voudrait courir, se débat, écarte les bras comme on tente d'arracher un vêtement. La forêt, elle ne veut pas. Il avance de côté, tourne, cherche où passer. Il progresse comme il peut, tenu par les arbres. Il sent qu'il ne choisit pas sa route, qu'il dérive, guidé par la végétation froide.

— Cranach !

Il va se perdre tout à fait. Il s'entend appeler, effrayé par le son de sa propre voix qu'il a sentie trembler. Voilà une éternité que ça ne lui est pas arrivé.

— Cranach !

Il sent derrière les yeux une brûlure nouvelle, qu'il connaît. Il avance, éperdu, sent qu'il va pleurer.

— Cranach !

Il se force à s'arrêter, à reprendre son souffle, voudrait freiner son cœur. Il regarde alentour en fronçant les sourcils. Là-bas, un ajour dans la végétation laisse passer un peu de lumière. Il avance encore, guidé par ce point de clarté. Il sent qu'il doit plisser les yeux davantage, aveuglé par l'intensité de la lumière. Il s'immobilise, stupéfait. Ici, la forêt s'arrête brusquement. Un couloir tranche la végétation. Cette fois, c'est la route. Il la reconnaît, large et droite entre les arbres. Il entend aboyer son chien. Là-bas : sa bête court à sa rencontre, pousse des jappements pleins de joie. Il se baisse, l'accueille dans ses bras. Le chien lui fait la fête comme s'il savait, lui, la peur qu'il a eue. Un sourire s'ouvre brutalement sur le visage de Derain, fait éclater en morceaux le masque de verglas. Il sent monter les larmes qu'il a retenues tout à l'heure, frotte son chien avec les moignons durcis de ses moufles, lui caresse amoureusement la tête. Au loin, il aperçoit les autres débouler sur la route, comme lui, digérés et rejetés par la forêt. Derain se dresse, lève un bras pour signaler sa présence. Ils l'ont vu, lui font des signes.

— Suis perdu, dit-il en les rejoignant.

— That's the road, dit Ethel.

— Allons-y, siffle le colonel entre les dents.

Ils se rangent les uns derrière les autres, repartent aussitôt.

Près de disparaître, le soleil n'est plus qu'une pastille pâle, à peine visible dans le ciel voilé. À gauche, à travers le tissu du vêtement, ils sentent encore sa présence, une chaleur minuscule. À droite, la nuit, la pénétration du froid.

Après deux heures de silence, Cranach monte à côté de Derain, accorde sa marche à la sienne.

— Est-ce que tu... est-ce que tu connais... ?

Il déploie des trésors d'énergie pour articuler.

— Est-ce que tu connais l'histoire du plombier chauffagiste, chauffagiste sourd, chez la blonde qui n'a pas de bras ?

Avec la tombée de la nuit, les bruits leur parviennent plus distinctement encore, plus coupants. Le halètement de chacun des chiens, la neige qui croustille sous le tamis de chacune de leurs raquettes. Une teinte rose dessine la ligne des cimes, le soleil vient de disparaître. Les particules de grésil qui flottent dans l'air brillent doucement. Derain pense que c'est beau, qu'il est content d'être là, tout de même, fait non de la tête, non il ne la connaît pas, celle du plombier chauffagiste, chauffagiste sourd. Devant, le colonel s'est arrêté, le dos penché.

Une empreinte.

Une trace !

Ils se précipitent, s'accroupissent.

Humaine, une trace humaine !

Dans la pénombre des aulnes, Derain secoue les manchons de glace formés à la jonction de ses moufles. Il sort dans l'air glacé une main nue et la plie et déplie frénétiquement pour en retrouver l'élasticité. Il voit vaguement l'empreinte mais doit la toucher, la palper. Pour dégager les contours de la trace il déblaye la neige, dont il sent au bout des doigts les reliefs grenus. Il fait pivoter sa main pour en trouver la direction. Il a reconnu comme eux le quadrillage caractéristique des raquettes dévolues à la marche en forêt, le tracé en forme de goutte renversée. Il effleure les bourrelets carrés. Il scrute le dessin si particulier de ce tamis.

— Qu'est-ce qu... ?

Il se relève brusquement, recule dans un mouvement de colère inouïe.

— Quoi !

— C'est pas possible, dit Cranach.

Le colonel braque le faisceau de sa lampe sur l'empreinte.

— Ah ! Tiens ! fait Derain.

Il se jette au milieu du cercle de tout son poids, imprime dans la neige l'empreinte de sa propre raquette, en témoin. Le rond jaune de la lampe du colonel passe de l'une à l'autre. Les deux traces sont parfaitement identiques.

— Et là ! Les traces des chiens. Et là, ce sont les nôtres, re-regarde.

Le colonel balaye la neige de sa pile électrique. Ils aperçoivent, dans l'obscurité, les trous formés par l'empreinte répétée de leurs quatre corps.

— Nous avons les mêmes raquettes, elles sont

toutes identiques. Et c'est moi qui enfonce le plus profond, souffle Derain.

Il crie, comme si c'était leur faute à tous :

— Revenus !

Ils sont effondrés.

Derain se tait, épuisé d'avoir trop parlé dans l'air glacé.

— Rentrer, dit le colonel d'une voix à peine audible.

Il ajoute, dépité, comme si cette constatation le désespérait davantage :

— Qu'à suivre les traces.

Derain reste un instant immobile à regarder les corps sombres s'enfoncer dans la nuit, guidés par la lueur tremblotante de la lampe. Ils ne se sont pas perdus. Il ne veut pas croire qu'ils sont bêtement revenus sur leurs pas. Qu'on ne lui dise pas qu'ils ont été désorientés par la symétrie de la route, que le soleil leur aurait donné un repère s'ils l'avaient mieux observé, si l'orbe de sa course avait été moins pâle. Non, il y a autre chose. Il pense à la forêt qui les retenait tout à l'heure, à cette impression qu'on l'empêchait, qu'on le promenait.

Il remet sa moufle, entend le froissement d'une page glissée de sa manche, à demi sortie du poignet, durcie par le gel. Il sent entre ses doigts les ébarbures du papier déchiré, palpe le bord de la feuille, regarde à nouveau la route sombre entre les arbres. Il pense : les personnages d'un livre ne vont jamais plus loin que le bord de la page. Il pressent que René Derain, Ethel Brakefield, Lucas Cranach, Madalen Etchegoyen, Ernst von Sydow, Morten Mørtensen et le colonel n'iront jamais plus loin que cette limite, que cette route est pour eux une frontière infranchissable, que cette route est leur bord à eux.

33

Ils arrivent au milieu de la nuit, la peau bleue, les pieds gonflés d'avoir trop marché. Ils retirent leurs manteaux, traversent la pièce à pas lents, fumants de buée.

— Il faudra réessayer, dit le colonel, demain, ou après-demain, ou le lendemain, ou…

Rendu de fatigue, Derain se laisse tomber dans un fauteuil. Il regarde Ernst, endormi sur son matelas, couvert d'un plaid. Il a l'air d'un chien mouillé. Il ne les a même pas entendus rentrer. Quand ils sont partis, il dormait. Ils reviennent, il dort. Hagard, Derain se demande qui est cet homme qui ne parle pas, qui ne mange plus, nourri de fièvre. Quel rôle a-t-il à jouer dans ce drame ? Celui de les pousser sur les routes ? Tout à coup, il aurait envie de se lever lui aussi, de venir donner un coup de tatane dans l'épaisseur du matelas, pour le réveiller une bonne fois, ce boche.

Madalen s'assoit sur le bras du fauteuil, à côté de lui. Il sent qu'elle lui caresse doucement le dos :

— Je me suis fait un sang d'encre.

Il la regarde, pâle.

— Qu'est-ce que tu dis ?

— Je me suis fait un sang d'encre.

Il la regarde avec tellement de stupeur, elle ne comprend pas.

— Pourquoi pas ? Je me suis fait du souci pour vous, c'est normal.

— Pourquoi tu ne dis pas : je me suis fait du souci ?

— C'est ce que je viens de te dire.

— Bien sûr.

— C'est exactement ce que je viens de te dire.

— Bien sûr, oui.

Il la regarde avec l'insistance d'un fou.

34

Derain sent un pincement dans le nez – l'air est si froid que de fines aiguilles de glace poussent dans ses narines. La main serrée sur la hache, l'autre en écran au-dessus des yeux, il avance dans la neige, entre les troncs. Il a serré le livre dans sa poche-carnier, se doit d'insister encore. Ce soir, quand ils rentreront, il sera doux et caressant. Il tendra le livre, il dira : « Tiens, lis donc un passage. »

Il fait le tour de l'arbre qu'il a choisi, évalue de quel côté il est le plus lourd. Il pose la main sur l'écorce, là où s'est figée la sève. Il lève la cognée, frappe l'écorce. De lourds paquets de neige s'effondrent autour de lui, lui font courber la tête. Le premier coup a ouvert une fente rouge dans le bois. Il frappe encore, la chair blanche apparaît. Il sent les fibres de ses muscles se serrer, le sang gicler dans ses veines. Il dit sa colère à la forêt, frappe dans l'entaille commencée, ouvre une voie à sa pensée. Des échardes se plantent dans la neige autour de lui. Il tape comme un sourd. Elle les encercle, lui et les autres, les tient. Il se sent prisonnier d'autre chose, devenir la proie d'une idée qu'il ose à peine formuler. Il se réfrène, fait silence dans son crâne, retient sa pensée comme son souffle, voudrait garder nette son intelligence. Il sait que l'idée est là, dans sa tête, prête à l'user comme une fièvre. Il se demande si on peut parler pour lui, penser à sa place, lui faire couler la morve du nez, le faire taper sur un arbre à s'en faire éclater le cœur. Où ça s'est vu, un élan qui ne se couche pas, un chevreuil tué à l'aveugle ? Où ça s'est vu, un garçon boucher qui parlait comme dans un livre ? Il s'arrête un instant, laisse baller la hache au bout de son bras. Il sent une moufle raide frôler sa cuisse. Cette chose est bien à lui pourtant. Il crache. Le glaviot claque avant de toucher le sol. Il se souvient qu'il est garde forestier, qu'il habite près de C***. Qu'il aime les Speculoos, qu'il en a mangé en venant. Qu'un ami de son père a chassé le buffle en Afrique, que l'un d'eux était resté debout en encaissant les chocs. Un buffle, point d'exclamation. On est en train de les assassiner ! Ce n'est pas lui qui le dit, c'est le son du glaviot ! Il a congelé en l'air avant de s'écraser dans la poudreuse. Il lève le bras, essuie la sueur en train de geler sur sa peau, entend crisser sa barbe. Il réalise qu'il sait faire des choses qu'il ne se souvient pas avoir apprises : lire, conduire, chasser, abattre un arbre. Il ne se rappelle pas les femmes qu'il a aimées, le visage de son père. Seulement celui de Madalen et des autres. Il racle sa mémoire. Certains souvenirs sont nets, les autres imprécis, voire inexistants. Il est triste tout à coup, ressent une gêne dans l'estomac. Et sa mère ? Comment se fait-il qu'il ne se souvienne pas d'elle ? Il n'en aurait pas ? Tout le monde en a une, pourquoi ne lui en parle-t-on pas ? Son cœur se serre. Cette gêne dans l'estomac, il lui semble la connaître depuis toujours. Il sait exactement ce qu'il a, se sent immédiatement capable de mettre des mots dessus : une « boule dans le ventre », voilà ce qu'il a. Une vilaine expression, qu'il connaissait avant son référent. Une sensation qu'il retrouve comme une vieille connaissance. Il n'est plus tout à fait sûr que le monde existe en dehors de la perception qu'il en a.

35

Ils rentrent avec sur eux l'odeur de la neige. Une sensation de froid se dégage de leurs anoraks ouverts. Derain entend craquer les muselières de glace qui enferment leurs mâchoires. Il les observe pincer comme des poux les glaçons pris dans les cheveux, les cils, les poils de barbe. Ils frappent les bottes sur le sol pour en faire tomber la neige, s'en débarrassent à coups de pied, tombent sur les matelas. Cranach est raide de froid, le visage violacé. Il ne parvient pas à se réchauffer. Il n'a pas la force d'ôter lui-même ses chaussures, se contente d'approuver quelque chose d'un mouvement continu de la tête. Son masque de givre dégouline. Ses yeux brillent d'effroi à travers la suée. Morten s'approche du téléphone, décroche par acquit de conscience, vérifie l'absence de tonalité.

— Vous n'avez rien pris ? demande Derain.

Ils se taisent, le visage fermé, crispé de fatigue.

— C'est horrible quand tu as de la glace dans les cils, dit doucement Madalen, tu as les paupières collées, tu dois retirer les gants pour les enlever. Mais le temps de faire ça, tu as les mains qui gèlent, et quand tu remets tes gants, tu dois bouger ton bras pour faire revenir le sang, sauf que ça pique, tu pleures, alors ça regèle, et ça te ferme encore les yeux.

Il y a autre chose. Derain l'entend dans leur silence, dans la volubilité de Madalen.

— Vous n'avez rien pris ?

— On a vu du gibier, dit le colonel d'une voix creuse.

— Alors ?

— Il était mort.

— Mort ?

— De froid.

Madalen a posé une main sur l'épaule de Cranach.

— Lucas a eu un moment de panique, ajoute le colonel, il a un peu perdu le contrôle, il a commencé à crier, hein, Lucas ?

Les yeux vagues, Cranach continue de hocher la tête, ouvre lentement la bouche :

— Je, j'ai pensé qu'on allait mourir.

Son regard brille d'un triste éclat.

— La bête était froide, toute froide.

Il fronce les sourcils, la revoit encore.

— Après qu'ils m'ont montré la bête, je, j'ai pensé qu'on allait mourir nous aussi.

Derain attrape le bras du colonel.

— Je vous assure, il faut que vous lisiez un passage.

Il sort le livre de sa poche. Le colonel ne comprend pas.

— Faites-le.

— Lâchez-moi.

— S'il vous plaît.

— Il ne me plaît pas.

— Faites-le.

Derain rentre le livre dans les côtes du colonel, le

force à le prendre. Fatigué, le colonel l'ouvre brusquement au hasard, en plein milieu. Soudain, il lit à voix haute, pour se débarrasser de Derain, en finir rapidement avec ce caprice idiot :

> au début du siècle, là-haut, il n'était pas né, une histoire que tout le monde connaissait près de chez lui, un accident minier parmi les pires : une explosion, un feu mal éteint dans une veine. La déflagration avait couru dans les boyaux sur une centaine de kilomètres, brûlant tout. Les sauvetages avaient duré plusieurs jours. Mille hommes manquaient à l'appel. Les corps remontaient sans cesse, sans qu'on puisse souvent les identifier. Une poignée d'hommes survivaient encore là-dessous, personne n'y croyait plus. Ils avaient été une dizaine à durer, à manger les chevaux, les mèches de lampes, les cols de chemise, à mâcher du bois, à avaler de la pisse, vingt et un jours dans

Il claque le livre, le lui tend :

— C'est *Germinal*, votre bouquin.

— Mais non ! hurle Derain, ça parle d'un accident minier qui est arrivé près de chez moi, à C*** !

— Où est-ce, ça, la ville de C*** ? ironise le colonel. Connais pas de ville qui s'appelle C***.

— Madalen, tu es là ? supplie Derain.

Il se tourne pour la chercher, écarquille les yeux.

— Je suis là.

— Je t'ai parlé de ça l'autre jour, tu te souviens, je t'ai parlé de l'accident, des chevaux qui ne voulaient pas descendre !

— Tu m'as parlé des chevaux, oui. Mais c'est tout, tu ne m'as pas dit tout ça.

— Mais c'est ce que je pensais *avant* de te parler des chevaux, c'est pour ça que je t'ai raconté cette histoire, je me suis souvenu de tout ça d'abord, c'est écrit là !

Le colonel regarde brusquement Derain comme s'il était un demeuré.

— Vous êtes fou à lier, mon ami.

— Lisez la suite !

— Ça suffit ! Vous commencez à me faire peur, René, très peur. Je suis inquiet pour votre santé mentale, vous…

— Lisez…

— Ressaisissez-vous !

Derain se triture la corne des mains, se rassoit, tapote une cigarette sur sa manche sans parvenir à la mettre à la bouche. Il fait non, ne peut plus supporter cette gymnastique du faux. Il entend le colonel lui promettre qu'il est dingue. Il voit qu'il a pris sa place au centre de la pièce, la traverse de long en large, lentement, la veste en cape sur le dos. Il l'entend, au loin, qui reste poli par inertie, convaincu de sa capacité à commander les hommes. Il le voit aller et venir, les bercer de paroles autoritaires et rassurantes. Maintenant, Derain s'en veut de s'être emporté, comprend que son idée ne peut se dire sans risquer d'être envoyé au cabanon, que c'est avoir tort que d'avoir raison avant eux.

— Dame ! conclut le colonel. J'avais une meilleure idée de vous.

Derain lâche la cigarette qu'il n'est pas parvenu à allumer. Ils sont en train de le tuer à coups de phrases. Comment ça : Dame ! Qu'est-ce que ça veut dire, attaquer une phrase de cette manière ? De qui se moque-t-on ? On ne parle plus ainsi depuis deux siècles. Il voudrait dire quelque chose, se prépare à se lever, les coudes écartés :

— Je…

Il se souvient brusquement avoir attaqué une phrase de la même manière, l'autre jour, avec Ethel, de s'en être même étonné, trouvant qu'il avait de l'inspiration. Il se rassoit, consterné. Le colonel continue de vouloir mettre fin à cette hystérie collective, s'acharne à créer autour de lui une atmosphère de décision, à parler de radeau, de naufragés, de l'importance de ne pas céder à la panique, mais cette fois, Derain s'est levé, n'y tenant plus.

— Je me moque de vos boniments !

Un instant, Derain est encore resté debout, en équilibre, abasourdi par cette phrase effrayante qui sortait de sa bouche, qu'il entendait en même temps qu'il la disait. Elle n'est pas de lui. Il pense à ce mot encombrant, « boniments », qui ne lui appartient toujours pas.

Lui aussi parlait comme dans un livre.

36

Il a rejoint le chenil, la chaleur chaude et vivante des bêtes. Il s'avance au milieu des chiens tassés les uns contre les autres, sans parvenir à les voir distinctement. Ils lui lèchent la main, se frottent contre ses jambes. Il sent leurs langues granuleuses sur sa peau dure, plonge ses doigts dans la bourre épaisse de leurs fourrures. Les bêtes tendent le cou, repoussent de la tête sa main levée.

Derain devine la présence de Madalen, qui l'a suivi, le regarde prodiguer ses caresses à la petite meute.

— Qu'est-ce qui ne va pas ? dit-elle. Tu deviens branque toi aussi, ou quoi ?

Elle a toujours cette voix douce, chantante, continue de lui réserver une part de sa féminité, au milieu des bêtes, dans l'odeur aigre du pissat. Il se redresse, sort de sa poche l'objet rectangulaire qu'il enferme dans ses deux mains formidables.

— Est-ce que je peux te demander quelque chose qui va te paraître insensé après ce qui vient de se passer, mais qu'il faudra faire quand même ?

Il a posé sur elle son regard d'aveugle. Elle ne répond pas, il poursuit en ouvrant le livre, en lissant une page d'un geste très doux :

— Est-ce que tu pourrais me lire un passage ?
— Encore ?
— Encore. Mais plus loin.
— Plus loin que quoi ?
— Je ne sais pas, plus loin que le milieu.
Il tend le livre ouvert.
Il y a un silence qui veut dire : ici ? maintenant ?
Elle prend l'objet dans ses mains. Il devine qu'elle a déjà eu le temps de lire une ou deux phrases dans sa tête, car elle commence d'un air amusé :

> Il voudrait la prendre dans ses bras, la serrer si fort qu'elle lui donnerait un peu de sa chaleur. Il se sent porté vers elle avec la certitude que ses fesses ont la forme de ses mains. Affamé d'elle, il voudrait la saisir par les reins, entrer en elle avec la simplicité d'une bête.

Elle écarte le livre, rit, un peu gênée. Elle veut bien essayer de comprendre ce qui l'amène à dire toutes ces bêtises, mais elle trouve qu'il exagère de lui faire dire cela. Bien sûr ce ne sont que des mots, et ce ne sont pas les siens, mais tout de même, se retrouver là à les lire pour lui, alors qu'ils ne sont que tous les deux.
— C'est olé-olé ton bouquin ! Je comprends pourquoi ça te démange.
— Continue…
— C'est cochon ton truc.
— Lis…
— Ça fait longtemps que t'as pas… c'est peut-être pour ça ? Je comprends pourquoi ils mettent des pilules dans la bouffe à l'armée.
— Chtt… Tais-toi…
— Alors ?

— Lis ce qu'il y a d'écrit…
— Bon.

Elle voudrait qu'il réchauffe de ses mains larges sa peau encore froide. Elle s'approche de lui, caresse le maillage de la laine. Elle prend sa lourde main, la pose ouverte sur son visage.

Tout en lisant, Madalen a pris la main de Derain pour rire, pour faire semblant, l'a posée ouverte contre sa joue comme s'il fallait obéir. Tétanisé, il sent dans sa paume la chair fraîche de la jeune femme. Elle continue de lire, d'une voix amusée, un peu tremblée :

Sa respiration a changé, s'est accélérée, sans qu'elle parvienne à savoir si c'est d'inquiétude ou de consentement. Lui, dont les mots ont allumé le sang, a posé ses mains sur ses hanches, sans se méfier, d'un geste et d'un désir qu'il sait lui appartenir, qu'elle ne repousse pas. Elle se sent effrayée par la force de cet homme qui peut la briser dans ses mains, et fascinée aussi par la lenteur de ses mains. Il a pris ses fesses, les deux en même temps, dans ses paumes ouvertes où elles tiennent presque entières. Elle sent durcir contre ses jambes quelque chose qui exige. Les odeurs ont changé, son cœur tape. D'une main glissée dans la saignée du coude, il l'invite à se retourner. Elle se penche en avant, c'est une manière de dire oui quand elle cherche un appui, alors que le livre qu'elle tenait dans ses mains s'écrase par terre avec un bruit mat. Il lui écarte les jambes. Les élastiques qui claquent, les mains qui dévorent, il s'enfonce en elle, dans la chaleur de son ventre. Ses mains cherchent de part et d'autre l'os de ses hanches. Il ne s'est jamais senti aussi dur, elle ne s'est jamais sentie tenue avec tellement de fermeté. Elle perçoit dans la nuque la chaleur de son souffle rauque. Il n'y a pas que cette raideur entre ses fesses qui la fasse fondre : la sensation d'être un peu soumise par sa force, de sentir remuer ses propres seins à chaque coup de reins, qu'il va au plaisir, qu'il l'aime jusqu'au sang. L'espace d'un instant, elle sent comme deux bras morts et ballants le long de son corps, une lourdeur qui lui enserre les flancs, pèse sur son dos, puis une douce chaleur dans le creux de son ventre. Il se retire brusquement, avec une lourdeur maladroite qui ébranle le sol. Son sexe jaillit de ses deux fesses, lourd et tiède du poids de chair que peuvent peser les mots.

37

Madalen se lève sur un coude. Il fait encore nuit, les autres dorment toujours. Seule la paillasse à côté d'elle est vide, les couvertures repoussées. Derain se tient face à la cheminée, noir devant les braises. Il s'est habillé pour sortir. Il se présente de face, de trois quarts, de profil, tourne sa carcasse devant la braise comme pour emporter avec lui un dernier coup de chaud. Maintenant, Madalen sent pointer sur elle son regard de statue.

— Je t'ai réveillée ? demande-t-il à mi-voix.

— Non.

Il a les épaules hérissées de poils, deux rangées de griffes en sautoir sur son torse. Il a mis la peau par-dessus la parka.

— Tu feras attention, y'a un ours derrière toi.

— Je ne peux pas rire, j'ai les lèvres gercées.

— Tu sors ?

— J'arrive pas à dormir.

Elle est si fatiguée, elle sait qu'elle n'aura pas la force de l'en empêcher. Mais il lui fait un peu peur tout à coup, avec cette peau de bête jetée sur son dos qui lui élargit encore les épaules. Il a des airs de Minotaure ! Elle se demande s'il n'est pas ridicule. De profil, un peu courbé sous le poids de la fourrure, il lui semble presque apercevoir la saillie d'un garrot.

— Tu vas te cailler.

Il ne dit pas non, pense au verbe « cailler », tellement en deçà de la vérité.

— T'y vois rien, tu vas te paumer.

— Je vois mieux la nuit.

— La peau d'ours, à la rigueur. Mais tu ne pars pas tout seul, tu prends ton chien, d'accord ?

— Il ne veut plus aller en forêt. La neige bouloche dans ses poils, c'est pas commode pour lui.

Pauvre bête.

Elle est encore à moitié endormie, va rendre les armes.

— T'es complètement barré, complètement barré.

— Parce que tu crois que j'ai le choix ?

Il montre le livre, exaspéré. Elle reconnaît celui de la veille.

— Encore ce bouquin ? Tu ne t'arrêtes jamais, toi ?

Alors il est vraiment en train de devenir dingue ? Elle l'admet, lucide, pour elle-même, sans savoir si elle va parvenir à garder son calme.

— Je parie que c'est écrit, qu'il y a même ce que tu vas me dire, mais lis ! Lis donc !

Elle s'aperçoit que son visage s'est durci. Alors on en était vraiment là ? À ce stade, déjà ? Il avait dû s'installer dans la paranoïa par petites étapes, avait dû les franchir une à une, sans rien montrer d'autre qu'un peu d'excentricité, de susceptibilité. Mais elle n'aurait jamais pensé qu'il s'était enfoncé si loin dans la bêtise.

— J'en ai rien à foutre de ton bouquin.

— Et hier, dans le chenil ? Ça t'étonne ?

Elle sent que ça commence à piquer.

— Tu crois que j'avais le choix ? Tu crois que tu l'avais, toi ?

Elle n'en revient pas.

— Mais tu ne sais pas lire, pauvre fille ?

Elle s'est levée. Comment ose-t-il dire une chose pareille ? Après ce qu'ils ont fait, debout au milieu des chiens ? Alors qu'il l'a prise comme une bête, comme c'était marqué, qu'il a joui en elle, comme c'était proposé, qu'elle se souvient de la chaleur dans son ventre quand ça s'est passé ? Qu'il se démerde avec son idée. Elle qui s'est laissé faire, elle qui était gentille, qui ne l'a pas repoussé, parce qu'elle en avait envie. Elle qui avait vu la manigance, et qui pensait, amusée, que celle-là on ne la lui avait jamais faite, qu'elle pourrait la raconter. Qu'il y aille dans sa forêt de malheur. Qu'il y reste, avec sa peau d'ours et ses problèmes.

Il brandit encore le livre à la manière d'une preuve, alors elle ne peut s'empêcher de dire quand même :

— Mais je vais le mettre au feu, moi, ton livre. T'es complètement taré.

Elle le regarde toujours, ne parvient pas à comprendre, répète encore :

— « Com-plè-te-ment-ta-ré ».

Elle a détaché chaque syllabe pour leur donner du poids, a dessiné deux virgules en l'air pour mettre les mots entre guillemets, bien insister sur le fait qu'il virait dingue.

Derain sourit, la bouche fermée sur du mauvais silence.

— Ça te fait rire d'être branque ?

Il imite le ton de sa voix, à son tour, trace en l'air deux guillemets imaginaires :

— « Com-plè-te-ment-ta-ré ». Tu vois, tu mets même de la ponctuation quand tu parles.

Elle en a le souffle coupé : fou à lier.

Leur dispute exaspérée à mi-voix a réveillé le colonel, qui s'est redressé sur son matelas :

— René, où allez-vous comme ça ? Bon sang, qu'est-ce que vous faites ?

Derain rafle une paire de raquettes, ouvre la porte, se retourne sur le seuil, la tête touchant au linteau :

— Je vais acheter des clopes.

Il sourit, avalé par la nuit.

38

Madalen perd son regard dans la forêt, tente en vain d'apercevoir Derain à travers la palissade des arbres. La nuit est déjà en train de tomber, il a dû lui arriver quelque chose, c'est folie que de l'avoir laissé partir ce matin. Elle ne lui en veut plus pour ce qu'il a dit, les colères de nuit ne sont pas les colères de jour. Elle sait ce qu'elle veut maintenant : qu'il revienne, que la forêt le rende. Il a pu se perdre, se blesser, mourir de froid, n'importe quoi, elle trouve que son mineur ne revient pas.

Elle ne peut plus attendre. S'il était perdu et qu'il cherche son chemin ? Un demi-aveugle dans la forêt, en pleine nuit !

Elle décroche une pibole, monte l'escalier taillé dans la congère. Debout, en équilibre sur le toit, la voilà qui corne à pleins poumons, se tourne dans toutes les directions. Les appels jetés dans cette noirceur parviennent à l'effrayer elle-même. Les visages se sont levés vers elle aux abords de la forêt. Le colonel, Ethel et Cranach bûcheronnent encore. Morten, qui donnait à boire aux chiens, sort du chenil pour la regarder aussi. Ils ne disent rien, ils ont compris. C'est vrai que Derain ne leur manque pas, qu'ils n'ont pas encore décidé de s'inquiéter, que son absence imprévue a ramené un peu de sérénité, qu'on souhaiterait que ça dure un peu, mais à la voir debout sur le toit, à corner à la mort, ils se sentent brusquement solidaires de ce bout de femme qui aime bien Derain et qui voudrait le voir rentrer. Alors ils abandonnent ce qu'ils étaient en train de faire, fichent les outils dans la neige, laissent les chiens à leur soif. Ils vont chercher des brandons dans la cheminée, des bougies, des piles électriques.

À petits pas, chacun dans une direction différente, ils avancent dans la forêt en jetant devant eux de la lumière :

— De-rain ! De-rain !

Les cris s'effeuillent dans la nuit. Ils sifflent, font du bruit, tapent sur les arbres. Madalen, sur le toit, continue de souffler dans sa corne de brume. Debout, là-haut, dans le froid, elle aimante la nuit de sa musique répétitive, les larmes aux yeux de les voir se mobiliser. Ils n'ont pas dit un mot ! Ils ont pris de la lumière, se sont enfoncés dans la forêt noyée d'ombres, oubliant d'avoir peur, oubliant d'avoir froid.

39

C'est le colonel qui l'a aperçu. D'abord, son cœur s'est mis à battre, il a cru à un horla. Il a vu une ombre arrêtée entre les arbres, a demandé :

— René ? C'est vous, René ?

C'était lui, hagard, les poils raidis par le givre, presque immobile, la bouche écarlate comme s'il venait de manger cru. Le colonel a senti qu'il fallait répéter son nom pour le ramener aux vivants, qu'il fallait le tirer vers lui par son état civil.

— René, c'est moi, le colonel. Venez, René, René Derain, je suis là, venez donc.

Derain le regarde de ses yeux trop grands ouverts. Des larmes ont gelé sur son nez, dessinant des rigoles. Il a l'air d'une figure pieuse dont on a crevé les yeux. Un glaçon de morve grise traverse sa moustache, lui barre verticalement les lèvres.

Quand Madalen l'a vu réapparaître, dans les bras du colonel qui l'aidait à marcher, elle en aurait pleuré de soulagement. Elle a taïauté quatre coups longs pour avertir les autres, leur dire de rentrer. Ils l'ont vu sourire. Peut-être avait-il la satisfaction de compter, là-bas, dans ses pensées, que sa capture valait tout de même quatre coups de corne : Re-né-De-rain, autant que l'élan, mieux que le cerf.

40

— I'll make some tea, dit Ethel Brakefield en mettant à fondre un seau de neige.

Le colonel s'approche de Derain, lui soulève le visage par le menton.

— Vous êtes dangereux, René.

Derain entrouvre les yeux.

— Les hommes blessés sont dangereux, poursuit le colonel. Vous savez pourquoi ? Je vais vous dire pourquoi. Ils savent qu'ils peuvent survivre.

Derain referme les yeux, semble hocher la tête :

— C'est vous qui êtes blessé, dit-il dans un filet de voix.

— Ah oui ?

— L'Afrique…

Inquiet, le colonel ne comprend pas. Derain parle par bribes inintelligibles, comme s'il dormait :

— Vous êtes blessé… vous a blessé l'Afrique… pouvez plus dormir… l'odeur du diesel.

Le colonel lâche le menton de Derain, laisse retomber sa tête.

— Je ne vois pas ce que vous voulez dire, dit-il en reculant.

— Mais si.

Le colonel ne veut pas savoir ce qu'il sait, comment il peut, sans le connaître, c'est impossible. Derain est assis au milieu d'eux, les yeux caves, le visage ravagé. Il n'a plus sa peau d'ours, ni sa parka, claque encore des dents, drapé dans sa couverture. Sans le quitter des yeux, le colonel recule encore. Comment cet homme aveugle, si faible, à moitié mort de froid, peut-il réussir à l'inquiéter encore ?

Cranach demande :

— René, ton nez ? Tu sens ton nez ?

— Il est brillant, je crois que ça va, dit Madalen.

— Et les pieds ?

— Il faut retirer ses chaussures.

Ils s'agenouillent devant lui, lui soulèvent les jambes, tirent ses bottes. Ils roulent sa première paire de chaussettes, puis le sac plastique dont il a enveloppé chaque pied, encore frappé du logotype d'une marque de grande distribution. Une couche de givre s'est formée sous le pochon. Ses pieds apparaissent, enflés, tavelés comme deux fruits blets. Ils ont un mouvement de recul. Deux orteils du pied droit sont noirs, momifiés. Ils auraient dû commencer à le surveiller plus tôt, la gelure ne date pas d'hier. Ils parviennent à tirer son pantalon : les pieds glacés ont l'air de deux choses mortes au bout de ses jambes, abandonnées.

— Il faut le réchauffer, dit Madalen.

Elle prend dans ses mains une jambe lourde, poilue, la frotte avec une chaussette de laine en partant du genou, descend jusqu'aux chevilles.

Avec cette femme à ses pieds, les rigoles sur ses joues, on dirait un corps décloué. Les cheveux de Madalen, détachés, tombent en pluie, se prennent dans le mouvement de ses doigts. La chair s'assouplit peu à peu dans ses mains, la carnation revient.

Ethel porte à ses lèvres un verre de thé, le fait boire à petites gorgées. Le voilà qui cligne des yeux, reprend des couleurs. Mais Madalen s'écarte soudain, l'air grave, prend la vieille femme à part.

— C'est une gelure profonde, la gangrène va s'y mettre. C'est infecté, ça sent mauvais déjà.

— Qu'est-ce que vous dites ?

Le colonel s'est approché.

— L'os a gelé, c'est profond.

Ils la regardent.

— Il faudrait couper les chairs mortes.

— Vous êtes sûre ?

— Le pus va s'y loger.

Derain a ouvert les yeux un instant. Le colonel se penche vers lui : un relent de pourriture lui saute au nez. Il recule à nouveau, réprime une grimace. Voyant Derain bouger les lèvres, Madalen devine qu'il les a peut-être entendus. Elle lance, en essayant de sourire :

— Tu pues des pieds, on va couper.

Le colonel prend le bras de Madalen, lui parle à mi-voix :

— Vous êtes sûre ? Vous vous rendez compte de ce que vous dites ?

Elle hoche la tête.

— Vous ne pensez pas qu'il faille attendre les secours ?

— Quels secours ?

Elle montre les orteils calcinés.

— Vous voulez que ça gangrène ? Vous savez de quoi on parle, là ? Vous le savez très bien. Si on ne le fait pas maintenant, ce sera pire.

— C'est vous l'infirmière.

Derain demande, d'une voix à peine audible :

— Tu n'es pas infirmière ?

Elle le regarde, surprise :

— Si, c'est mon métier.
— Non.
— Lui, il est bien colonel.
— Non.
— Tu ne vas pas me dire que tu ne le savais pas.
— Non.
— Ça tombe drôlement bien, tu ne trouves pas ?

Il ferme les yeux, à demi conscient, marmonne des mots durs, qu'il ressasse avec insistance. Au ton de sa voix, on devine des insultes.

— Je te demande pardon ?

Il ne répond pas, garde les yeux fermés sur ses pensées.

— Je te demande pardon ?

Elle s'approche de son oreille :

— Je m'appelle Madalen Etchegoyen, tu m'as pris le c... hier soir, je suis infirmière, et je vais te couper les orteils.

Elle se tourne vers Ethel :

— On a de quoi faire un bandage ?
— Oui, je crois.
— Et du fil à coudre, on a du fil à coudre ?
— Oui, je crois que j'en ai emporté dans mes affaires, dit Ethel, un peu.
— Il ne m'en faut pas beaucoup. Vous voulez bien m'apporter ça, pendant que je désinfecte mon couteau ?

Derain n'est pas sûr de comprendre. Ce dernier échange entre Ethel et Madalen sur les modalités de la chose le dégrise. Là ? Tout de suite ? On va le charcuter ? Il va crier, se débattre ? Il aperçoit la silhouette de la jeune femme devant le feu, qui passe et repasse une lame dans les flammes, la sent qui s'agenouille devant lui en lui tournant le dos, qui coince le pied sous son aisselle, l'entend qui demande de la lumière. Il ouvre les yeux à demi : Cranach pointe sa torche sur le pied. Ils sont tous là. Ethel, le colonel, Morten. Même Ernst von Sydow s'est assis sur sa couche. Il ne comprend pas : personne ne le tient. Voilà qu'il sent Madalen inciser la chair morte autour de l'articulation. Il ouvre complètement les yeux : il les voit qui détournent le regard. Il va se débattre, se défendre, pourquoi ne le tiennent-ils pas ? La jeune femme déboîte la phalange avec la pointe du couteau. Sa peur devient de l'effarement. Il n'en est pas sûr, mais... il n'a pas mal. L'os vient sans difficulté. Bon Dieu, il ne sent rien ! Il constate à haute voix, paniqué :

— Je n'ai pas mal.

Il en est presque effrayé, se met à hausser le ton, veut couper court à cette mascarade, ne peut s'empêcher de répéter, les prend à témoin encore :

— Je n'ai pas mal, je n'ai pas mal, je n'ai...

Le bout d'orteil est tombé par terre. En l'entendant toucher le sol, il interrompt sa litanie. Elle s'attaque déjà au suivant, ne l'écoute pas, ne l'écoute plus. Il ricane maintenant, continue de promettre qu'il ne sent rien, en pleurerait presque :

— Ah-ah ! Je n'ai pas mal !

Il sait maintenant qu'il va devenir fou, pour de bon.

Elle le désosse encore, il ne sent toujours rien. La deuxième phalange tombe par terre. Le chien d'Ethel Brakefield se jette sur la viande morte.

— DOWN !

Elle est terriblement confuse, donne des coups de pied à la bête.

Madalen affronte les bords de la plaie, ferme au surjet la peau morte, bande les deux orteils. Elle se relève, se frotte les mains pour effacer la sale besogne.

Derain se tait maintenant, affalé dans le fauteuil. Il regarde au bout de la jambe son pied mutilé. Il aurait préféré souffrir, pleurer de douleur, crier maman, en avoir une. Il devrait en avoir une d'ailleurs, un scandale, pourquoi ne lui en parle-t-on pas ?

Madalen le regarde enfin, indécise. Elle a fait du bon travail puisqu'il n'a pas eu mal. Elle avait peur de ne pas savoir comment s'y prendre. Elle se sent fatiguée maintenant que la chose est terminée.

— Tu sais pourquoi je n'ai pas crié ?

Elle est inquiète au ton ironique de sa voix. Peut-être qu'elle lui a fait mal après tout, qu'elle s'y est mal prise, qu'il a simplement réussi à se contenir, peut-être n'y est-elle pour rien. Elle pose doucement une main sur son épaule, esquisse une caresse, mais il l'attrape violemment par le bras, gonfle le cou :

— Tu sais pourquoi je n'ai pas crié ? Je n'ai pas crié parce que…

Il la tient, menaçant, fixe sur elle son regard blanc.

— Je n'ai pas crié parce que le mot couteau ne coupe pas.

Elle se dégage, le repousse d'un geste brusque.

— LE MOT COUTEAU NE COUPE PAS, TU ENTENDS ?

Elle le regarde droit dans les yeux, avale sa salive :

— Abruti.

Elle recule encore d'un pas. Elle en a assez, prend une voix précise et dure :

— Tu n'as pas crié parce que les nerfs étaient morts.

41

Le colonel a dû raconter une histoire égrillarde, à en croire les rires gras qu'elle a déclenchés, qui ont réveillé Derain. Il s'est levé, les a timidement rejoints, entouré d'une couverture.

Ils cognent des verres, le colonel vide le sien d'une seule haleine, le pose sur la table, marqué de rose, regarde le bandage au pied de Derain :

— Bon pour le front !

Il déclare tout à coup à la cantonade :

— Mais Derain est revenu bredouille aujourd'hui ! C'est Rubbeljack !

Derain fait tomber la cendre de sa cigarette dans son verre.

— Rubbeljack ! Rubbeljack ! répètent les autres sans comprendre.

— On verse l'alcool par l'entrée du canon, il faut le boire tel quel, mélangé à la poudre, c'est une tradition prussienne, dit-il en se tournant vers Ernst, allongé sur un matelas, pour gagner son approbation.

On ne l'entend plus respirer. Madalen s'approche de lui, sort son bras, tâte son poignet.

— Il faut qu'il mange, dit Madalen sans avoir le courage de le réveiller.

L'os de la mâchoire, les pommettes et les arcades sourcilières sont plus saillants, enfoncent dans le corps les yeux et les joues de l'Allemand. Sans lâcher son poignet, elle se tourne vers la tablée, voudrait les alerter encore :

— Il faut faire quelque chose pour lui, on ne peut pas rester là, comme ça, il va mal, vraiment, il faut qu'on y aille, on ne peut plus attendre.

Elle n'y était pas, elle, la première fois, pense Derain, elle parle sans savoir, elle ignore ce que c'est que de marcher dans la neige par ce froid, ce que c'est que de voir tomber la nuit. Pour ses orteils, à lui, on n'a pas attendu, et il faudrait s'énerver maintenant, repartir, parce que l'autre a de la fièvre.

Voyant qu'il la regarde, elle ajoute :

— Pour toi, il vaudrait mieux ne pas boire d'alcool.

— Et allez donc, dit le colonel, il n'est pas sous antibiotiques, que je sache ! C'est reparti comme en 14 !

— Ne le faites pas boire, c'est idiot.

— Méfiez-vous, Madalen, repart le colonel, vous n'êtes pas sans connaître le point commun que partagent la moitié des livres.

— Non.

— Le principe d'un livre sur deux ?

— …

— C'est de faire souffrir une femme ! C'est la règle, vous ne saviez pas ?

Il rit, ravi de les moquer l'un et l'autre, de les renvoyer dos à dos. Il regarde Derain en biais :

— Alors, vous en êtes, oui ou non ?

Derain accepte, se plie de bonne grâce à la joyeuse vindicte de ses pairs, ne serait-ce que pour contredire sa tourmenteuse, heureux de revenir au centre de leur agitation enjouée. Tout à coup, il sourit tristement, ressemble à un garçon brimé dans une cour d'école, qu'on aurait réintroduit dans le cercle des jeux collectifs. Le colonel attrape la carabine adossée au mur, la casse, introduit sa pibole dans la culasse en guise d'entonnoir. Derain attrape son arme par le fût, la porte à la bouche. L'embouchure froide du canon choque ses dents. Le colonel verse l'alcool dans la corne, qui traverse l'âme à la façon d'une paille, gicle dans la bouche de Derain. Sa pomme d'Adam se soulève à chaque gorgée, il sent descendre en lui le liquide âpre, mélangé à la poudre. Les mains posées sur le pontet et la crosse, le colonel lève un peu plus la carabine, à la manière d'une bouteille qu'il faudrait vider jusqu'à la dernière goutte, la lève si bien que Derain l'entend qui se verrouille. Le colonel rit aux éclats, empaume le dessous du fût, cale la crosse dans le creux de l'épaule, fait mine de tirer.

Cette fois, les applaudissements réveillent Ernst von Sydow.

— Rubbeljack ! dit le colonel à son intention en riant, la carabine encore enfournée dans la bouche de Derain.

L'Allemand n'a pas l'air au courant.

— J'ai lu ça dans un livre ! proteste le colonel.

Derain dégage les lèvres de l'embouchure.

— Un livre ?

— Ne me demandez pas ! Je ne sais plus lequel ! Oh ! fait le colonel en riant, vous n'allez pas recommencer. Je vais vous mettre deux ou trois ronflées, moi, ça vous apprendra à vivre !

42

Au moment où il va s'endormir, Derain sent Madalen qui lui saisit la main. À la manière qu'elle a de serrer sa paume dans ses doigts, il devine qu'elle veut lui dire quelque chose.

— Tu sais, le mot couteau peut couper.

Elle en a gros sur le cœur, il l'entend dans sa voix.

— Tu sais pourquoi il peut couper ? poursuit-elle.

Il ne sait pas.

— Il coupe parce que…

Il sent la main de Madalen presser la sienne :

— Il coupe parce que, quand tu me dis des choses méchantes, je me sens triste.

43

Dans la nuit, Derain se dresse. Il retient sa respiration, épie le silence. Trois bûches achèvent de mourir. Autour de lui, allongés sur leurs paillasses, les autres dorment.

Il écoute, immobile. Voilà que sa main tâtonne, cherche. Il distingue la forme verticale de l'arme appuyée contre le mur, qu'ils ont oublié de laisser dehors. Il se lève, l'empoigne. Elle est lourde dans sa main, rassurante. Sans bruit, il l'allonge près de lui comme une femme raide. Pourquoi ne parvient-il pas à dormir, à trouver un peu d'oubli ?

Dehors, il y a la forêt, la neige. Au-dessus, les pièces qu'ils ont condamnées.

Autour de lui, les murs, les fenêtres, les portes qu'ils ont étouffés de papiers et de chiffons.

Ils n'ont plus froid maintenant qu'ils ne respirent plus, qu'ils sont confinés entre ces quatre murs. Il y a dans l'air une odeur de pas lavé, de chien mouillé. L'atmosphère s'est empuantie depuis qu'ils ne sortent plus pour se soulager, que traînent dans le couloir des brocs d'urine stagnante, un seau éclaboussé de diarrhée. Ernst von Sydow, quand il tousse, ramène des crachats purulents, jaunes. Ils étaient prisonniers, les voilà naufragés. Le colonel avait raison de parler de radeau, de tempête et du reste. Et l'inviteur qui n'y était pas !

Dans la nuit jaune de la pièce, Derain distingue la bosse que forment les genoux repliés de Madalen sous la couverture, entend Cranach qui se retourne dans son lit. Ernst balbutie dans son sommeil, grommelle des morceaux de phrases qu'il a entendues :

— … vous en êtes, René… partant…

Il écoute l'Allemand parler français, avec l'espoir insensé d'attraper quelques confidences. La suite se perd dans une bouillie de mots.

C'est un cauchemar qui l'a réveillé. Il se souvient. Il a vu briller sur lui le cercle de leurs yeux jaunes, ricaner leurs gueules boucanées de pirates. Mais ce n'est pas ça. Pourquoi n'arrive-t-il pas à se rendormir ? Quelle pensée n'arrive-t-il pas à classer ?

Sous sa tête, l'oreiller. Au bout du matelas, ses pieds blessés. Pourquoi ce danger, tout proche ?

Rubbeljack ! Le mot claque. Il sent encore le goût poivré du schnaps lui anesthésiant la bouche, entend encore le verrouillage de l'arme penchée sur lui. Il s'assoit sur son lit, repousse la couverture, pose l'arme en travers de ses cuisses. Il l'ouvre, cherche l'entrée de la culasse, introduit un index dans l'un des canons jumelés. Le doigt pénètre bien, serré par le métal. Il le replie, le présente à l'entrée du second : il ne la trouve pas. Il sent de la matière sous son doigt, une balle est engagée, qui lui en interdit l'accès. Il fouille la nuit, se tourne vers les uns et les autres, paniqué, s'agrippe à son arme.

Elle était chargée.

44

Derain est réveillé par ce qui lui semble être d'abord de lointains coups de marteau. Autour de lui, les couches sont vides. Il n'y a que dans celle d'Ernst von Sydow que ça respire encore. La fenêtre aveuglée de neige jette dans la pièce une lumière louche.

Il se lève, agacé par la scansion régulière du métal contre le bois. Ils sont partis sans lui. Sauf un qui est resté, dont il entend cogner la hache. Il dépose une cuillerée de granulés brunâtres au fond d'une tasse, verse un peu d'eau tiède en utilisant son doigt en manière de jauge. Il boit en silence, s'habille, enfile une à une les couches de ses vêtements.

Il contourne la maison dans le sillon creusé dans la poudreuse par leurs allées et venues. S'aidant des pieds, des mains, il grimpe la congère. Les marches taillées dans la neige ont durci, luisent d'un jaune sale. Il gagne le faîte du toit, se dresse, protège d'une main l'entrée violente de lumière. Elle lui fait mal aux yeux tant elle est crue, le brûle de larmes. Dans l'espace minuscule de ses doigts écartés, il regarde alentour la forêt qui les encercle. Ils l'ont drôlement attaquée, à force d'abattre les arbres les plus immédiats. À ses pieds, il y a maintenant une étendue blanche que le vent a gaufrée, piquée çà et là de points noirs : les souches des arbres abattus. Elles percent la neige à intervalles réguliers, donnent la mesure du temps passé. À cette hauteur, Derain ne perçoit de la surface que ses plus simples contrastes. Il fronce les sourcils, plisse les yeux, voudrait arracher le tulle tendu devant ses yeux blessés, accommoder sur les signes minuscules.

À la lisière, il aperçoit un homme dont le miroitement de la cognée lui fait plisser les yeux davantage. Il abat un arbre de plus, dont la souche gravera dans la neige un signe supplémentaire.

Il doit savoir.

Il redescend, avance dans la poudreuse entre les souches. Il creuse sa propre trace dans la neige avec l'impression de tout saloper. Il distingue, à mesure qu'il s'approche, le mouvement de la cognée qui se lève et s'abat, la silhouette de Morten. Indifférent, le Danois continue de frapper, de creuser son entaille. Mais tout à coup il s'arrête, essoufflé, se tourne vers Derain qui est là, devant lui, absent, dont le regard clair ne se pose sur rien.

— Tu ne vas rien comprendre, dit-il, la mâchoire crispée de froid, mais c'est tant mieux, tant mieux.

Il sait que les mots tombent dans le vide, continue en misant sur l'intonation rassurante de son timbre en dépit des claquements de dents, veut emporter son adhésion par la persuasion tranquille de sa voix, comme on parle à un animal en faisant le pari qu'à défaut du sens il percevra l'intention.

— Je ne te veux pas de mal, juste que tu me lises la fin, c'est idiot de connaître la fin, mais toi, toi tu t'en fous, tu ne comprends rien.

Il sort le livre de sa poche, l'ouvre par la quatrième de couverture, le tend à Morten, qui le regarde sans comprendre.

— Tu sais lire, n'est-ce pas ?

Il met le livre de force dans sa main, entend craquer la glace autour de la bouche du Danois :

— Hvad vil du ?

Derain montre le livre, fait un geste circulaire de la main, pointe les yeux de Morten, puis sa bouche, forme une pince qu'il ouvre et ferme devant ses propres lèvres.

— Hvad er det for noget fis ?

Derain entend bien qu'il a froid à en crever, qu'il a autre chose à faire que de lire ça, mais il recommence son mime rudimentaire, pointe du doigt ses yeux, puis le texte, fait le crocodile devant sa bouche. Agacé, Morten cherche à lui refourguer le livre. Derain s'écarte violemment, recule d'un pas, joint ses mains pour former une prière. Morten comprend qu'il ne s'en débarrassera pas, montre le livre ouvert dans sa moufle, cogne son doigt contre la page en se tournant vers lui. Ça ? Derain hoche la tête avec décision, Morten lève le livre à hauteur de ses yeux. Il renifle à grands bruits, se racle la gorge, avale le glaviot qu'il vient de détacher. Soudain, il commence à lire, aligne les phrases d'une voix blanche, sans comprendre un mot de ce qu'il dit, ânonnant à la manière d'un écolier qui ne tiendrait pas compte de la ponctuation.

Derain ferme les yeux, se concentre sur la succession des syllabes qu'il doit recomposer, ne reconnaît pas les sons. Morten lit toutes les lettres, muettes ou non, à débit constant. Derain reformule les phrases dans sa tête, espace les mots qui se cognent, débrouille un sens dans le flux stupide des syllabes lues de mauvaise grâce. À chaque phrase commencée, son visage s'ouvre dans l'effort de compréhension. Puis se crispe aussitôt. Le sens lui apparaît.

Derain comprend. Il ne préférerait pas.

Morten s'aperçoit qu'il est arrivé à la fin du livre. Il se tait, le referme, le tend d'un geste rapide à Derain.

Le Français est devenu livide. Lentement, d'un geste mécanique, il prend l'objet dans sa main, s'éloigne sans un mot de remerciement.

Derain pousse la porte. L'air froid du dehors fait vaciller les flammes, ronfler les braises.

Le détruire ?

Il se réfugie à l'intérieur, se déplace en se tenant aux meubles.

Il doit fuir, se défendre, ne sait comment.

Le livre est là, dans sa poche, il l'étreint à travers l'étoffe.

Il entend respirer Ernst von Sydow dans les ténèbres de la pièce.

Les élastiques froncés de ses gants forment deux poignets de force. Il se redresse, hercule de foire, prend une profonde inspiration, le torse bombé.

Alors je vais mourir ? se demande-t-il avec solennité.

Il entend le sourd battement de l'horloge.

Alors comme ça, c'est moi qui y passe ? se demande-t-il étonné.

Il entend battre son cœur au fond de sa poitrine.

Dehors, la cognée égrène ses coups.

Je vais mourir ?

Il se le demande comme si c'était une manière de l'accepter.

Une bûche ronfle dans la cheminée. De grandes flammes jaunes dansent devant la pierre.

Il est glacé, le front moite, sent encore refluer le sang dans son corps. De la chair à papier qu'on coupera à sève morte.

Il loge sa pensée près du cœur, se love tout entier dans cette partie de lui qui a chaud.

Il ne sait pas de combien de temps il dispose avant de mourir, de combien de pages.

45

Soudain, il comprend qu'il n'est pas mort encore.
Il décide.
Il décide qu'il est vivant.
Il dure encore, puisque ça tape encore.
S'il va mourir, c'est qu'il est vivant.

46

— On partira cette nuit, décide le colonel en s'asseyant à table.

Derain se penche vers Cranach, à côté de lui :

— Eh bah, moi, j'y vais pô, j'ai la flemme.

Cranach sourit, un peu ému. Derain a encore le sens de l'humour, veut encore donner l'illusion qu'il en serait, lui aussi, s'il voulait.

— C'est ma mort que ça raconte, lui confie-t-il soudain, avec légèreté.

— Qu'est-ce qui raconte ta mort ?

— Morten m'a lu la fin du livre cet après-midi.

Il parle comme s'il était un peu ivre, au-dessus de tout ça.

— Celui que tu nous as montré l'autre jour ?

— Oui.

Cranach hoche la tête, déjà épuisé à l'idée d'aborder le sujet de nouveau. Il n'a pas le courage de le contredire encore.

— Tu deviens parano, dit-il gentiment, pour rester en surface.

Mais, ne voulant pas qu'il se sente abandonné, il dit quand même :

— Ça va aller, va.

— Ouais, t'as raison, dit Derain, je m'en fais sûrement pour rien. C'est tout moi, ça.

Cranach n'arrive pas à savoir s'il y a de l'ironie dans sa voix.

— Tu nous enterreras tous, dit encore Cranach pour plaisanter.

Il voudrait que Madalen et Derain se parlent. Ils ne s'adressent quasiment plus la parole. Pourtant, il y avait quelque chose entre eux, il l'a bien vu dans la manière qu'ils avaient de se regarder, avant que tout foute le camp. Brusquement, il dit à Madalen, de l'autre côté de la table :

— Viens à ma place.

— Pourquoi ?

— Viens à ma place, je te dis.

Il tire sa chaise, se lève, passe dans le dos de Derain, contourne la table pour forcer Madalen à se lever. Elle ne comprend pas. Si c'est ce qu'elle pense, la manœuvre est tellement grossière de la part de Cranach, tellement immature ! On est entre adultes tout de même. Alors elle préfère obéir pour ne pas rendre l'atmosphère pesante, préfère croire qu'il veut simplement être à sa place plutôt qu'à la sienne. Mais en s'asseyant, elle croise son regard entendu. C'est à peine s'il ne lui a pas fait un clin d'œil. Elle n'arrive pas à le croire ! Elle se sent comme une collégienne tout à coup. Elle a presque envie de rire ! Cranach est si bête dans son calcul, il en est presque touchant. Il est trop tard maintenant, alors elle fait comme si de rien n'était, ne dit rien, prenant bien garde à ne pas toucher la vilaine bête à côté d'elle – un mauvais moment à passer. Ils se nourrissent en mâchant avec conscience ce qu'il reste du chevreuil, grattent les os, sucent la moelle avec des aspirations bruyantes, gênés. Embusqué derrière sa barbe, Derain est rentré dans son silence. Il ne dit plus un mot, terrorisé. Il en veut à Cranach de l'avoir abandonné, de l'avoir piégé ainsi. En passant derrière son dos, il lui a même mis une main sur l'épaule, l'air de dire : je sais, va, je sais depuis le début. Il ignore comment une telle idée a pu traverser le crâne d'un type comme lui. Ils n'ont rien montré, lui et Madalen. Comment Cranach a-t-il pu soudain échanger sa place, lui mettre une main sur l'épaule, être aussi peu dupe. Ou alors il les a surpris ? Derain tâte le livre qui ne quitte plus sa poche. Ce passage qui les dénonce, dans le chenil, il n'a pas pu le lire, alors ? Derain s'agace en voyant qu'il cherche lui-même quelque raison valable. C'était écrit, comme le reste. Rien ne lui serait épargné, jusqu'au bout. Mais tout de même, qui a mis dans la tête du garçon boucher des idées pareilles ? On lui dit de se lever, on lui dit : échange ta place. Il se lève, le crétin ! Il échange sa place !

Derain pignoche dans son assiette un peu de viande. Il y a Madalen à côté de lui, qui ne dit mot. Il sait qu'elle fait semblant de ne pas s'intéresser à lui, mais la tension entre leurs corps est si nette, si insoutenable, qu'il n'est plus capable de penser à autre chose. Il entend le colonel faire la conversation, Ethel qui intervient, Cranach qui répond. Alors, profitant de ce qu'ils ne sont pas concernés, que personne n'écoute, parce qu'il n'y tient plus, et qu'après tout il s'en fout :

— Tu fais ta tête de pioche ?

— C'est toi. T'es tout taiseux, là. T'es méchant, t'es méchant. J'ai pas envie de parler aux gens méchants, moi.

Il dure encore, puisque ça tape encore.

S'il va mourir, c'est qu'il est vivant.

— Allez, quoi ! proteste Derain.

Il fait l'infirme, tâtonne sur la table comme un chanteur aveugle sur un piano, en levant la tête, fait semblant de chercher quelque chose, le nez en l'air.

— Allez, quoi, fais pas ta vexée ! J'ai perdu le mot fourchette, aide-moi, quoi. Dis, tu vas quand même pas me laisser mourir de faim, y'a le mot viande qu'est juste là, dans mon assiette, tu me laisserais pas comme ça, dis ?

Elle sourit en baissant les yeux. Lui aussi, il est bête. Ce soir, tout le monde est bête.

— T'es bête, elle lui dit, en découpant sa viande.

Encouragé par le sourire dans sa voix, il avoue :

— Tu vas bientôt être débarrassée de moi.

— Cause toujours.

Il ajoute, solennel :

— Si je dois partir, je te laisse mon pull.

— Génial.

— Oh… c'est pas grand-chose, tu sais.

— Quatre lettres quand même, compte Madalen.

— Quatre lettres ? Ah oui, tiens. Disons que je te laisse mon pull-over, ça fait huit.

Il tend la main pour lui effleurer le bras.

— C'est toujours ça de pris, dit-elle sans lui prêter attention.

Mais elle sent la main de Derain prendre la sienne sous la table. Elle l'étreint malgré elle, les doigts entremêlés aux siens, plus fort qu'elle ne le voudrait, d'un geste panique.

47

Dans la pénombre noir et jaune, Derain regarde Madalen sur le dos, allongée sur le matelas à côté de lui. Elle ne dort pas. De profil, il devine le blanc de ses yeux qui brillent dans l'obscurité. Il voudrait savoir à quoi elle pense. Elle a l'air un peu soucieuse, à fixer le plafond. Autour d'eux, les respirations se sont ralenties. Il écoute craquer le feu, il fait bon, tout est calme, Madalen ne dort pas, il est vivant, il aimerait bien la toucher, il ne sait pas s'il osera. Il pense, fâché : cent dix kilos, timide avec ça. De la timidité ? Je vous en mets combien ? Oh... vous m'en mettez cent dix kilos. Il y en a un peu plus, je vous le laisse ? Oui-oui, ça ira. Il est timide mais il est vivant, qu'on se le tienne pour dit. Il vit, bon sang, il vit ! Il tend doucement la main et lui caresse la joue du bout des doigts. Il trouve son geste un peu nigaud, mais, trop tard, elle tourne la tête vers lui, le regarde. Elle ne le chasse pas, le laisse faire. Elle sent le cal de ses doigts sur la peau de ses joues, de son front, de ses lèvres. Au bout de la main, du bras, il y a le visage de René, ses cheveux embroussaillés, ses yeux un peu égarés et doux. Elle croit qu'elle a un peu envie de pleurer, mais non, ça va passer. Elle tend le bras, passe la main dans les cheveux de Derain. Ils sont rudes, épais et sales, une belle tignasse offerte à ses doigts. Elle va là-dedans sans avoir peur de lui faire mal. Elle glisse sur le côté, se rapproche doucement, enfonce son visage dans le creux de son épaule pour ne plus rien voir. Elle reste là, toute chaude, dans son cou. Elle se colle un peu plus contre lui. Elle le sent qui bascule sur le côté, vers elle, la prend dans ses bras. Il ne pensait pas qu'elle était si fine et si petite. Il sent sa poitrine un peu écrasée contre son torse. Près de ses yeux, il voit son cou palpiter doucement. Elle ne dit rien, immobile, ne fait rien, se serre même un peu plus contre lui. Ses mains énormes glissent paresseusement le long de ses hanches, balayent le creux de ses reins, remontent la pente de ses fesses. Elle ferme les yeux, se laisse caresser par cette paume chaude et solide, tellement large qu'elle pense : jamais une main n'a touché autant de moi à la fois. Au milieu des autres endormis, elle monte sur lui en silence. Elle se hisse doucement là-haut, sur le corps du bûcheron, où elle tient tout entière. Elle se sent un peu soulevée quand il respire, se trouve même un peu haut à chaque inspiration, vaguement en équilibre, se tient pour ne pas glisser. Elle passe ses mains entre ses cuisses, défait les boutons du pantalon, dégage le sexe de son grand costaud, le serre dans le rond de sa main. Elle se dit qu'il est très gros. Mais que c'est normal, parce qu'il a de grandes mains. Que c'est bien le sexe de ces mains-là, ou les mains de ce sexe-là. Elle gigote un peu pour se débarrasser de son jean. Ses jambes luisent dans la clarté du feu. Elle le guide un peu, sent son corps qui s'ouvre quand il s'enfonce, si profondément qu'une fois entré tout entier, elle se dit qu'elle ne pourra plus bouger, voudra rester comme ça pour l'éternité, sur cette chose dure que son corps a avalée. Elle sent aussi qu'elle le tient là, serré, prisonnier d'elle, de son ventre, qu'il y avait juste la place qu'il fallait pour cet homme-là et qu'il ne doit plus partir. Elle sent se dérober son bassin, qui descend, remonte, la soulève par à-coups, portée par ce corps fantastique sur lequel elle ne pèse rien. Quand elle monte, là-haut, elle regarde autour d'elle, aperçoit une nuque, une bouche ouverte par le sommeil, la forme sombre d'un corps, les autres tout proches, rassurants. Elle pourrait presque les toucher. Il vient. Elle tombe sur le côté, la respiration haletante. Elle sent son cœur battre fort. Elle doit être en train de pleurer parce que René l'embrasse sur les pommettes et les tempes, lèche ses larmes, essaye de lui fermer la bouche. Sa gorge se contracte, silencieuse, l'eau s'accumule au fond de ses yeux qu'elle n'arrête pas de cligner. Et puis elle reprend son souffle, sent ses paupières se fermer, lourdes, la main de Derain posée sur la peau tiède et vivante de son ventre. Elle aimerait qu'Ethel la voie, cette main sur son ventre.

Quand le colonel la réveille au milieu de la nuit, pour partir, elle y est encore.

48

Il pèse sur son matelas le poids d'un âne mort. La peau d'ours, soulevée par la bosse de son corps, laisse croire à une dépouille qu'on aurait laissée là.

Les autres sont partis. Le jour s'est levé depuis longtemps déjà.

Dans le sommeil sans rêve où il est retombé, un bruit lui parvient, minuscule. Le vieux ramenait des glaires, la cognée claquait, le vent soufflait, le feu craquait, mais cela ne l'empêchait pas de dormir. Toute la journée il a somnolé, le corps lourd, incrusté dans le matelas, incapable de se lever.

Or, à lui seul, ce bruit dérisoire parvient à le tirer du sommeil. Il n'entend qu'une caresse, rien, à peine un froissement, mais ce bruit l'obsède, il le connaît.

Il se précise, le rend doucement à la conscience de ce qui l'entoure. C'est un frottement soyeux, un bruit de papier, celui d'une feuille qu'on serre contre une autre. Il en a la chair de poule.

Ce bruit, c'est celui d'une page qui se tourne. On tient un livre dans la main, on est en train de lire, tout près de lui.

Hébété de fatigue, il ouvre les yeux, porte une main à sa poche, tâte en vain : il n'y est pas.

On lui a distrait le livre, le sien, il entend ses pages qui se tournent. C'est sa mort que ça raconte. Ces pages qui se tournent, c'est sa propre fin qu'on précipite. Il a peur tout à coup, se sent comme une bête traquée. Ici, maintenant, dans cette pièce, on l'assassine.

À côté de lui, le vieil Allemand se racle la gorge.

Une page se tourne encore.

Derain se lève, le regard vague.

— Ernst ?

Ernst von Sydow a ouvert les yeux dans son lit.

— Rends-moi le livre.

Derain fait un pas, l'Allemand se dresse sur son matelas.

— Rends-le-moi.

Il avance encore d'un pas.

— Assassin.

— Non.

— Tu parles français.

— Non.

— Rends-moi le livre.

Derain sent monter en lui une ivresse mauvaise, qui jaunit ses dents, fait monter le sang dans ses mains. Faut-il qu'il mange un homme ? Faut-il qu'il tue pour durer encore ?

— Assassin.

Les mains tendues, il cherche l'Allemand dans son lit. L'autre s'écarte, cherche à fuir. Derain tâtonne, trouve une jambe, un bras.

— Assassin.

Il l'aplatit contre son matelas, écrase son visage de ses deux mains, sent la contraction de sa figure sous la pression de ses doigts, la résistance du squelette sous la peau, les arcades sourcilières, la mâchoire. Sous ses mains refermées, il entend les appels rauques des poumons. Il appuie ce qu'il peut, le reste du vieillard se débat, son corps marche à l'horizontale, empêché de partir, retenu par ses mains formidables.

49

Un bruit de porte, de pas précipités.

Ethel Brakefield se jette sur Derain, le tire, tambourine contre son dos. Il sent les chiens lui attraper les jambes, agriffés à son pantalon. Il entend les aboiements pleins de hargne, voit briller les crocs des bêtes. Il retire ses mains de sa gorge, entend le bruit lointain d'un siphon. Il s'écarte d'un pas, distingue vaguement le visage d'Ernst, les yeux grandis, recule à travers la meute, entend claquer vers lui les gueules des chiens, se cogne contre le colonel qui vient d'entrer, qui s'est mis à hurler :

— Qu'est-ce que vous avez fait ? Espèce de malade ! Qu'est-ce que vous avez fait ?

Un nœud de sapin explose dans la cheminée. L'un des livres de poche dont on s'est servi pour rallumer le feu ce matin achève de se consumer dans l'âtre. Derain entend les pages qui se soulèvent en se calcinant, qui se tournent, une à une, reconnaît le bruit qui l'a tiré du sommeil, ne comprend pas ce qu'il vient de faire.

— C'est ma mort que ça raconte, dit-il en manière d'excuse.

Ahuri, il sort sur le perron, ébloui, tombe à

genoux. Il sent la main de Madalen lui lever le visage par le menton.

— On n'a pas trouvé la route, on a cherché toute la journée, on n'a pas réussi, je crois que tu as raison, quelque chose ne va pas... je n'en peux plus...

Les épaules de Derain se sont mises à trembler.

— C'est ma mort que ça raconte...

Les larmes coulent de ses yeux, gèlent sur ses joues. Il passe les bras autour de la taille de la jeune femme, serre la tête contre son ventre.

— Tu as fait une bêtise ?

Le voir agenouillé, implorant, les yeux vagues, elle se sent partir.

Elle pense : mon costaud, qu'est-ce que tu as fait ? Mon grand costaud.

Elle a retiré un gant, caresse le front de Derain d'un envolement de la main. Sous la capuche de sa parka, son chignon s'est effondré. Elle sent qu'elle est sur le point de pleurer elle aussi, parce que tout est en train de remonter, la journée qu'elle a passée, tout ce qu'elle a gardé, que le mot couteau peut couper. Elle ne sait pas ce qu'il a fait, prend sa tête dans ses mains, la serre contre son ventre, passe les doigts dans la broussaille de ses cheveux.

Les chiens ont surgi hors de la maison, aboient sur lui en montrant les crocs. Dans la meute, elle reconnaît celui de Derain. Il est parmi les autres, donne aussi des coups de gueule avec l'envie de tuer, avance d'un cran à chaque cri, enragé. Elle sent qu'on va le lui prendre, qu'il a fait une très grosse bêtise

— Va-t'en. Va-t'en vite.

Il reste collé, la serre d'une étreinte éperdue. Elle répète, la voix mouillée de larmes :

— Vas-tu t'en aller ?

Les têtes des sapins se sont mises à trembler.

Le colonel surgit sur le perron, la carabine à la main. Ethel Brakefield le talonne, ridicule, un couteau de chasse à la ceinture. Même Morten les a rejoints précipitamment, pour prêter main-forte.

Madalen regarde la neige piétinée à ses pieds, montre les bois, les yeux alourdis de glace :

— Il est parti, je n'ai pas pu le retenir, je ne savais pas.

50

Le vent le râpe, le mord, le tabasse. Il est contraint de se voûter, de garder les coudes près du corps, de rentrer la tête dans les épaules, de tourner le dos pour respirer. Ça hurle autour de lui, ça gueule et ça veut. Le vent rabat sa capuche, le gifle à perdre haleine. La neige crépite sur la toile de ses vêtements, alourdit la fourrure qui pèse sur son dos. Le vent traverse les couches de ses vêtements, s'insinue dans les mailles. Il tremble de froid. Les sapins se penchent en grinçant, il continue entre les arbres tordus, dans la forêt fouillée. Il se fraye un chemin dans ces ténèbres blanches, il ne sait comment. Il va à la manière des bêtes, sans chercher sa route. Les cristaux de glace vont à l'horizontale, s'acharnent à l'égratigner. Le sifflement produit par les arbres serrés hurle à ses oreilles, l'use mieux que le grésil. Il va.

51

Dans la nuit, une toux caverneuse secoue la poitrine d'Ernst von Sydow. Il se réveille, revient à lui.

L'Allemand cligne des paupières, comprend qu'il n'est pas mort.

Ils le voient qui regarde derrière eux, fouillant la pièce d'un air affolé.

— Il est parti, dit le colonel. Notre ami est bon pour la cabane, ou pour Sainte-Anne, au mieux.

Madalen observe le visage creusé d'Ernst von Sydow. Les doigts de Derain ont imprimé des marques pâles dans sa chair. Soudain, il veut dire quelque chose, ne parvient pas à parler d'une voix distincte, fait un geste de la main pour qu'on s'approche de ses lèvres.

— Er hat was gelesen und das hat ihn um den Verstand gebracht.

— Qu'est-ce qu'il dit ? demande le colonel.

— Je crois qu'il dit : « Il a lu quelque chose et il est devenu fou », dit Ethel.

— Il a vu ? demande le colonel.

— Non, il a dit « lu ».

— Lu ?

— Oui.

— Toujours ce bouquin, hein ? dit le colonel. C'est bien ce que je disais, il est bon pour les fous.

Il pointe avec hargne la chaise vide où Derain avait l'habitude de s'asseoir :

— Et croyez-moi, il va d'abord passer par la case prison !

— Mais il ne pouvait plus lire, dit Cranach, il n'y voyait plus rien.

Morten touche le bras d'Ethel, lui dit quelques mots en anglais à voix basse.

— Hier, dit-elle, René a voulu que Morten lui lise la fin du livre qu'il avait dans sa poche.

— Oui, il me l'a dit, confirme Cranach.

— Moi aussi, il y a trois jours, il m'a demandé de le lire à voix haute, reconnaît timidement Madalen.

Cranach s'est mis à hocher la tête avec frénésie.

— Il n'arrêtait pas de dire que j'avais appris des choses par cœur.

— Attendez, dit le colonel, de quoi parle-t-on, là ? Vous n'allez pas vous y mettre ?

Mais Ernst von Sydow, déployant une énergie formidable pour se dresser sur un coude, ouvre la bouche, l'air de vouloir dire quelque chose d'essentiel, lui qui les écoute en silence depuis son coin d'ombre. Alors qu'on parle au-dessus de lui, qu'on l'a oublié déjà, il dit, en pointant le doigt vers la fenêtre :

— Il faut le lire.

Il leur parle en français, n'a rien raté depuis le commencement, possède quatre mots qu'il a tenus secrets. Il les a écoutés chaque soir, il a vu Derain mettre un pied dans la folie, puis un deuxième, s'enfoncer dans le noir, et personne pour l'empêcher. Maintenant, c'est à eux de l'écouter. Il répète sa sentence, ses quatre mots, veut être certain qu'ils ont compris :

— Il faut le lire.

— Bien. Il est où ce sale bouquin ? demande le colonel.

Il se tourne vers Morten, Madalen, qui ont déjà tenu l'objet.

— Il l'avait toujours sur lui.

Il y a un mouvement sous la couverture d'Ernst von Sydow, qui fait apparaître le livre.

— C'est celui-là, dit Madalen.

L'Allemand le tend au colonel sans un mot.

Elle le regarde soudain avec défiance.

— Alors comme ça, on vole les gens ?

— Ça suffit, Madalen, coupe le colonel, ne faites pas d'histoires. On va le lire ce livre, et qu'on en finisse.

52

Le vent s'use, la lune se lève, pleine, au-dessus des cimes, argente les sapins d'un liseré bleu. La respiration des choses a cessé.

Derain entend le crissement de ses bottes sur le plan d'eau, l'écrasement de la neige dure sous le cuir gelé. Le vent a soufflé une pellicule de neige sur le marais. Il va debout sur cette plaine bosselée, cette feuille au grain épais.

Aucun mouvement, aucun bruit ne traverse l'étendue. Il n'y a que lui qui avance à pas comptés sur la surface solidifiée, que lui pour troubler l'air pur du couinement de ses bottes.

La lune arrache à la surface des éclats de métal.

Derain a encore l'intuition de trouver beaux le marais gelé, la forêt, la lune au-dessus.

Son cœur bat lourdement dans sa poitrine. Il pense : je suis vivant.

Tout est si froid, abandonné, sans vie, plus rien ne pense que lui.

Il râpe le sol de ses pieds lourds, fait apparaître sous la neige le ciment translucide de l'eau gelée. Il tombe sur les genoux, courbé sous le poids de la peau sur ses épaules, balaye devant lui du plat du coude, négocie avec la glace un peu de sa surface polie. Un reflet bleuâtre apparaît dans le verre. Cet homme tout barbeux, écorché, hérissé de glace, c'est lui. Ces yeux un peu saillants, ce sont les siens. Ce fil de bave dure qui pend de ses lèvres, il est à lui. Mais son cœur se met à battre plus fort.

Il écarquille les yeux, se raidit.

Quelque chose cogne doucement contre la surface de verre.

Il écoute, s'efforce de scruter la glace.

Il a un mouvement de recul : il a l'impression que la glace le regarde.

Ces yeux globuleux et exorbités, il ne sait plus si ce sont les siens.

Ce visage allongé qui flotte dans l'eau noire, il ne le reconnaît plus.

Cette peau épaisse, velue, ne peut être la sienne.

Dans l'eau, la bête le regarde.

53

Ils encerclent le livre sans oser dire un mot. Ethel tend vers lui une bougie, en faisant de sa main un réflecteur. Le colonel l'ouvre en plein sous la lumière. Les pages, gâtées par l'humidité, viennent difficilement.

Les fronts se penchent et sa voix retentit :

— Mais tu ne sais pas lire, pauvre fille ?

Elle s'est levée. Comment ose-t-il dire une chose pareille ? Après ce qu'ils ont fait, debout au milieu des chiens ? Alors qu'il l'a prise comme une bête, comme c'était marqué, qu'il a joui en elle, comme c'était proposé, qu'elle se souvient de la chaleur dans son ventre quand ça s'est passé ? Qu'il se démerde avec son idée. Elle qui s'est laissé faire, elle qui était gentille, qui ne l'a pas repoussé, parce qu'elle en avait envie. Elle qui avait vu la manigance, et qui pensait, amusée, que celle-là on ne la lui avait jamais faite, qu'elle pourrait la raconter. Qu'il y aille dans sa forêt de malheur. Qu'il y reste, avec sa peau d'ours et ses problèmes.

Il brandit encore le livre à la manière d'une preuve, alors elle ne peut s'empêcher de dire quand même :

— Mais je vais le mettre au feu, moi, ton livre. T'es complètement taré.

Elle le regarde toujours, ne parvient pas à comprendre, répète encore :

— « Com-plè-te-ment-ta-ré ».

Madalen est devenue rouge. Quelle est cette diablerie ? Le livre existe bien pourtant, les caractères sont noirs, les feuillets bien reliés. Elle a vécu cette scène. Les autres dormaient encore, ils ne peuvent s'en souvenir, mais elle ? Elle sait qu'il a prononcé ces mots à peu près, qu'elle a eu ces pensées.

— Je continue ? demande le colonel, perplexe.

Il se tourne vers elle comme s'il se doutait de quelque chose. Elle n'ose lui répondre, pudique. Le passage la dénonce, elle a couché avec Derain, oui. Il se penche à nouveau, feuillette quelques pages, s'arrête, ahuri. Les autres le regardent. Que signifie ? Pourquoi cette halte ?

Cranach pointe sa torche sur le pied.

Le colonel a prononcé son nom ? Il a bien entendu ? Le jeune homme jette sur le livre un regard terrorisé. C'est son nom.

Ils sont tous là. Ethel, le colonel, Morten. Même Ernst von Sydow s'est assis sur sa couche.

Ils écoutent, pétrifiés, voudraient arrêter le mouvement des mots. En s'entendant appeler, ils lèvent les yeux chacun à leur tour, tétanisés. Ethel a tracé avec le pouce une croix sur sa bouche.

— Qu'est-ce que c'est que cette histoire ?

Le colonel plante son regard bleu dans le regard de chacun.

— C'est une supercherie ? Vous êtes tous des taupes, on vous paye ?

Il feuillette rageusement le livre, revient quelques pages en arrière, s'arrête au hasard, rapproche encore le livre de la flamme.

— À voix haute ! ordonne Cranach. Ne lisez pas dans votre tête !

Il fronce légèrement les sourcils :

— Je parie que les arbres qui ont servi à les imprimer ne sont pas tombés loin. Mais ils sont chez eux dans cette forêt ! Ils reviennent au pays ! Et pensez à tous les livres qu'on a imprimés par le passé, tous ceux qu'on va imprimer encore...

La voix du colonel s'est mise à trembler légèrement. Il passe une main sur son visage, ferme les yeux. Puis les rouvre avec colère, feuillette le livre à nouveau.

Les pages tournent mal, agacent ses mains.

S'apercevant qu'il est devenu plus pâle encore, qu'il essaye de parler sans parvenir à émettre un son, les autres le saisissent par le poignet, par le bras :

— Lisez !

D'une voix blanche, il dit :

Le colonel l'ouvre en plein sous la lumière. Les pages, gâtées par l'humidité, viennent difficilement.

Les fronts se penchent et sa voix retentit :

— Mais tu ne sais pas lire, pauvre fille ?

Elle s'est levée. Comment ose-t-il dire une chose pareille ? Après ce qu'ils ont fait, debout au milieu des chiens ? Alors qu'il l'a prise comme une bête, comme c'était marqué, qu'il a joui en elle, comme c'était proposé, qu'elle se souvient de la chaleur dans son ventre quand ça s'est passé ? Qu'il se démerde avec son idée. Elle qui s'est laissé faire, elle qui était gentille, qui ne l'a pas repoussé, parce qu'elle en avait envie. Elle qui avait vu la manigance, et qui pensait, amusée, que celle-là on ne la lui avait jamais faite, qu'elle pourrait la raconter. Qu'il y aille dans sa forêt de malheur. Qu'il y reste, avec sa peau d'ours et ses problèmes.

Il brandit encore le livre à la manière d'une preuve, alors elle ne peut s'empêcher de dire quand même :

— Mais je vais le mettre au feu, moi, ton livre. T'es complètement taré.

Elle le regarde toujours, ne parvient pas à comprendre, répète encore :

— « Com-plè-te-ment-ta-ré ».

Madalen est devenue rouge. Quelle est cette diablerie ? Le livre existe bien pourtant, les caractères sont noirs, les feuillets bien reliés. Elle a vécu cette scène. Les autres dormaient encore, ils ne peuvent s'en souvenir, mais elle ? Elle sait qu'il a prononcé ces mots à peu près, qu'elle a eu ces pensées.

— Je continue ? demande le colonel, perplexe.

Le colonel écarte le livre. C'est pourtant vrai que le livre existe bien, qu'il pèse dans la main, que les caractères sont noirs, les feuillets bien reliés. Ils entendent un murmure, la voix de Cranach :

— ... nos offenses comme nous pardonnons... ne nous soumets pas à...

Le feu ne donne plus de lumière. Plus rien n'existe que le rond de leurs visages, le front tiré, noyé d'ombre. Il suffit de s'adosser à sa chaise pour disparaître. Il y a un œil au judas, devant la serrure, on lit par-dessus leur épaule. Quelle est cette folie ? Ils veulent constater par eux-mêmes, encore, se passent le livre avec terreur.

Alors l'autre brute était dans le vrai ? Il avait pressenti quelque chose, venir le grain, le vent de la gifle ? Ils pensent, hallucinés, au tracé invisible qui relie leurs moindres gestes. Ils remuent, dans les profondeurs effarées de leur bêtise, d'absurdes questions, ne parviennent plus à se raccrocher à quoi que ce soit de connu. Le texte rend le bruit mou d'une corde jetée par-dessus une poutre.

— René est en danger, dit Madalen.

Il leur semble qu'un rond de chanvre attend le cou d'un homme. Puisque c'est sa mort que ça raconte, qu'il le leur a dit lui-même, ont-ils d'autre choix que de le croire ?

Le livre revient dans les mains du colonel. Il va tourner la page suivante, mais elle ne vient pas, collée par l'humidité. Une angoisse tord leurs six fronts rassemblés autour du volume. La tourner ne va plus de soi. Ils ont le sentiment d'un danger terrible pour leur compagnon, pour eux-mêmes. Peut-on tuer un homme ainsi ? Mais le colonel porte la main à la ceinture, empoigne son couteau de chasse en manière de coupe-papier, glisse la pointe de la lame entre les deux feuillets.

— Ne tournez pas la page, dit Madalen.

Le colonel lève les yeux, croise le regard de von Sydow, Ernst celui de Madalen, implorante, qui cherche celui d'Ethel. La vieille femme regarde furtivement Cranach, qui cherche à son tour celui de Morten. Il dévisage Madalen, puis le colonel, pose doucement une main sur le bras de ce dernier, près du couteau.

La lame a disparu entre les deux pages, prête à les séparer.

L'arme en suspens, le colonel balaye du regard le cercle de leurs visages apeurés.

Ils ne savent plus si la décision leur appartient.

— Non, dit doucement Madalen, ne faites pas ça, vous allez le tuer.

— Si vous pensez que nous sommes des personnages, Madalen…

Le colonel marque une pause avec gravité, prend le temps de digérer les mots insensés qu'il est en train de prononcer, le couteau toujours engagé dans l'épaisseur du livre.

— Si vous pensez que nous sommes des personnages, Madalen, que nous sommes les héros d'un livre, je dois vous avertir : d'autres que nous le feront.

— Pas nous, pas moi, pas vous. Je vous en prie ! Il nous l'a dit, c'est sa mort que ça raconte ! On ne peut pas faire comme si… comme si nous ne savions pas… si nous continuons à lire, il va… nous savons ce qui va se passer…

— Vous… vous pensez que tourner cette page…

Le colonel reprend sa respiration :

— … vous pensez que c'est commettre un meurtre ?

Madalen hoche peureusement la tête, près d'éclater en sanglots.

— Je ne sais pas… je vous en prie… s'il vous plaît… pour l'amour de Dieu…

Le colonel la regarde, sans que la moindre émotion puisse se lire dans ses traits. Il se tourne vers les autres, les dévisage encore un à un. Ernst von Sydow, Morten Mørtensen, Lucas Cranach, Ethel Brakefield… Ils désapprouvent. Dans la pénombre, un imperceptible mouvement de la tête. Non, il ne doit pas aller plus loin. Ils pensent qu'elle a peut-être raison, qu'il vaut peut-être mieux ne pas tourner cette page, ne pas savoir. D'un geste lent, de l'air de celui qui se range à la majorité, il remise son couteau.

54

À travers le givre qui bouche ses narines, de nouvelles odeurs se frayent un chemin. Dans l'heure qui précède le jour, Derain s'est endormi, aplati à la surface du marais. Les battements de son cœur se sont ralentis. Le sang circule si lentement dans ses veines qu'il va coaguler. Mais l'orée des narines frémit un peu. Il lui semble que le monde a changé, qu'il lui apparaît sous une forme nouvelle. En dépit du gel qui avait éteint les moindres odeurs, il pourrait maintenant distinguer chacune des espèces d'arbres autour du marais. Au début, il croit à la présence d'un chevreuil, tout proche, puis comprend que l'animal est passé il y a plusieurs heures. Il sent la trace laissée par lui dans la neige et dans l'écorce des troncs qu'il a frôlés. Mais, surtout, une puanteur lointaine lui parvient avec une effroyable netteté, le réveille et le force. Il ne la connaît pas. Elle est insoutenable, âcre, une odeur ennemie. Elle est encore loin mais vient sur lui. Il ouvre les yeux, roule sur le côté, veut ramener ses genoux sous son ventre pour se redresser. Il y parvient à peine, pose ses mains sur la glace, essaye de s'agenouiller. Ses gestes ont une pesanteur qui l'effraye, freinés par l'épaisseur du sang. Mais une peur inconnue le remue, le fouette, hurle un ordre à ses oreilles, réveille ses membres engourdis. C'est elle qui le rassemble, parvient à le faire se dresser. Il sent l'odeur puante qui s'est rapprochée encore. Une main géante le pousse dans le dos, lui ordonne de fuir, de vivre encore. Titubant, il traverse le plan d'eau gelé, manque de tomber à chaque pas, ne sent plus les moignons gelés de ses pieds, de ses mains. Au loin, dans la forêt chargée de neige, il entend des cris sourds, des encouragements articulés. L'odeur a cette voix-là, celle des bêtes qui l'ont éventé, qu'il devine en train de nager dans la poudreuse à grands récris, celle des hommes jetés sur lui. Il avance à petits pas, se tient aux branches, s'appuie aux troncs maigres, veut s'enfoncer au plus épais. Il sait que les aboiements éraillés sont pour lui, que les bêtes sont bien créancées, qu'on est venu pour le crever. Il entend la traque se précipiter dans son dos, sent la puanteur qui se rapproche, fait des efforts insensés pour avancer plus vite sur ses jambes raidies, tombe, mord la neige glacée, se relève, hagard, enfariné, avance encore dans les plis de la végétation. Il va sur des échasses, éperdu, jette en avant ses jambes mortes. Les coups de voix se rapprochent encore, traversent le marais. Il veut courir, cogne les branches, se protège de ses bras repliés. Ils sont là, sur ses talons. On va le forcer, le servir, l'émasculer, manger sa chair. Il sait qu'il va mourir, il court. Il entend les grognements, les cris des hommes, les taïauts et les vah ! La neige tremble dans son dos, se soulève, lui attrape la cheville. Il arrache sa jambe, se dégage comme une furie. Les bêtes le pressent, aboient en montrant les crocs, en retroussant la peau. Les premières le contournent, l'encerclent et l'enferment. Il continue d'avancer, emmenant le rond des fauves avec lui dans un ferme roulant. Il se sent mordu, tiré, les morsures le font trébucher, poser genou à terre. Il se redresse, se retourne pour faire front. Les bêtes lancées s'écrasent contre le mur dressé de son poitrail, reculent, ébaubies. Déjà il sent se refermer sur lui d'autres mâchoires affamées. Il se débat, secoue encore les fauves accrochés à lui. Il meugle, déchire l'air de ses cris apeurés, bat l'air de ses mains lourdes, assomme les bêtes qu'il rencontre sous ses poings, affronte cent fauves invisibles, donne des coups de tête pour se débarrasser des cinquante livres de chair accrochées à sa gorge, secoue une lice en train de l'étrangler, rue contre les bêtes qui le jambonnent, le mordent, s'emploient à le dévorer vivant, reviennent plus hargneuses. Il prend appui dans la neige, offre un bras au fauve qui cherche à le prendre à la gorge, attrape un autre par la peau morte du cou, le repousse, les bestioles reviennent jusqu'à ce qu'il cède, qu'une tache rouge se mette à danser devant ses yeux. Mais voilà qu'une voix les réclame, insiste, qu'il sent se détacher les crocs de sa chair. Libéré de l'étreinte, il cherche encore à se raidir, voudrait se lever d'une secousse de ses membres postérieurs. En vain. Il se sent plier sur son arrière-train, vidé de sa force. Allongé dans la neige, la tête de côté, le monde a chaviré. Il voit la perpendiculaire d'une silhouette qui s'approche, ne parvient pas à distinguer s'il s'agit d'un homme, d'une femme. Il ne cherche plus à fuir, épuisé, haletant, la poitrine soulevée. Il attend la silhouette qui vient lentement à lui, la regarde s'approcher de ses yeux voilés, étonné tout à coup du temps que ça prend. Puis il sent cette présence, cette main qui le flatte. Ses paupières s'abaissent sous la caresse, se referment lentement sur le bombé de ses yeux bruns. Quand la main cherche à lui maintenir plus fermement la tête, il a un dernier mouvement de refus, tente instinctivement de se soulever. Mais la main est solide, le geste sûr. Il sent le mouvement du couteau contre sa gorge, la peau qui se froisse et se sépare. La lame qui glisse dans l'épaisseur de sa chair. Du sang lui sale la bouche. L'une de ses jambes a un soubresaut, s'agite pour fuir encore. La main tire, le déchire. Sa jambe doucement se raidit. Quelques flocons de neige qui volettent dans l'air immobile se posent sur ses paupières, fondent au contact de sa peau encore tiède de vie.

55

D'un geste lent, le colonel a remisé son couteau. Il a claqué le livre sèchement, la flamme de la bougie a tremblé, illuminé d'une clarté blafarde leurs visages apeurés. Ils n'ont pas tourné la page qui se refusait, ont regardé avec soulagement les mains du colonel refermées sur l'objet. Il retire ses lunettes, se masse les yeux. Il a regardé la page avant de fermer le livre : il s'est arrêté page 265. Ce que la suite raconte ? Peut-être ça, pense-t-il, qu'il a refermé le livre, qu'il s'est massé les yeux, qu'il a envie maintenant que ça s'arrête. Soudain, un cri rauque a retenti au loin, au plus profond de la forêt, amené par l'écho. Un meuglement creux et désespéré, un cri de ventre.

Le souffle coupé, ils sont restés à se regarder, à sonder la nuit.

— Il faut y aller, a supplié Madalen. C'est lui, je suis sûr que c'est lui !

C'est elle qui, la première, a osé lui attribuer ce cri de bête.

— C'est lui ! Il faut… il faut le retrouver.

Elle a plongé son regard dans les yeux de chacun.

— Prenons les chiens, a dit Ethel.

Ils se sont levés, ont cherché l'entrée des

manches, où étaient les bottes. Ernst von Sydow s'est levé aussi, les a interrogés du regard, sans oser demander.

— Tout le monde vient, a dit Cranach avec autorité.

Engoncé dans sa parka, le colonel a demandé :

— Tout le monde sur scène, comme au dernier acte ?

— C'est ça, et tu fermes ta g…

— Vous dites, Cranach ?

— Et tu fermes ta gueule.

56

Ils traversent le plan d'eau, suivent la frayée, les gouttes de sang bues par la neige. Au début, on croirait à un saignement de nez, mais les gouttelettes se rejoignent, forment un filet continu. Par endroits, la neige est piétinée, rose. Madalen aplatit ses deux mains sur sa bouche, étouffe un cri. Il est là, allongé, elle reconnaît son invraisemblable défroque. Il a un bras levé qui fait le geste de repousser, les doigts écarquillés. Le colonel fait un pas en arrière. Il ne veut plus voir ça. Il ne peut plus le supporter. Les chiens, excités par l'odeur ferreuse, se ruent sur la curée froide, se pressent flanc à flanc, les côtes saillantes, donnent des coups de dents, cherchent à lui ouvrir le ventre, à libérer les tripes, la gueule rougie de sang.

— ALLEZ-VOUS-EN ! hurle Cranach.

— GET OUT OF HERE ! crie Ethel.

Lentement, Madalen s'approche, les mains écrasées sur la bouche. Autour du corps, le sang noir a fait fondre la neige. Elle tourne, va, se retourne, regarde la forêt alentour, éperdue, le visage horrifié. Pas un mouvement, pas un souffle, rien que les arbres serrés, la neige lourde, la forêt qui se répète.

Ses compagnons de chasse l'encerclent, la regardent sans parvenir à lui parler, à trouver les mots. Mais c'est elle qui vient à eux, qui a quelque chose à leur demander. Elle se dirige vers Ernst von Sydow, qui est essoufflé, accablé de fatigue et de froid :

— C'est toi ?

Elle trouve le colonel, s'arrête devant lui la tête basse, pose doucement une main à plat sur sa poitrine :

— C'est vous, n'est-ce pas que c'est vous ?

Mais elle s'éloigne, fait encore quelques pas jusqu'à Morten. Lentement, elle lui caresse le front, la joue, demande d'une voix inaudible, très calme :

— Alors c'est toi ?

Elle prend la main que lui tend Ethel :

— C'est toi qui as fait ça.

Elle agrippe Cranach, son manteau, le secoue, criant presque :

— Mais c'est toi ! Tu sais que c'est toi !

Puis elle regarde autour d'elle, comme pour vérifier qu'elle n'a oublié personne. Elle a un mouvement désespéré des mains vers le bas, tombe à genoux, comme emportée par leur poids, se jette sur Derain, le serre dans ses bras, l'embrasse sur les lèvres, sur les joues, sur le front, sur les paupières, le picore de baisers, le mouille de larmes, le caresse de ses mains minuscules, lui souffle dans le cou, dans les oreilles et dans la nuque. Accroupie, les bras encore serrés sur son corps froid, elle lève les yeux, demande encore, à travers ses larmes, le visage mâchuré de sang :

— Alors qui ? Qui ?

Composition et mise en pages : FACOMPO, LISIEUX

IMPRIMEUR
Achevé d'imprimer en octobre 2023
Dépôt légal, octobre 2023 / N° d'impression 2309.0066
Imprimé en France